①在小兴安岭的丛林中 (1955)

②与"醉石"（1980）

③在广东海边（1985）

①在河北原晋察冀边区阜平花沟口（1986）

②坐在林芝的树桩上（1986）

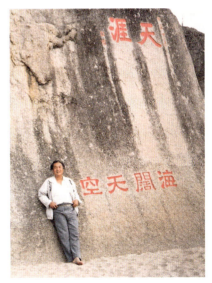

①在海南岛（1986）

②70岁的蔡其矫（1988）

③在三亚（1990）

①在腾格里沙漠（1992）

②在哈尔滨参加冬令营（1993）

①在福建作家采风途中，接受电视台采访（1998）

②为访问机构题词。立者为章武（1998）

①欣赏拾到的海贝（2002）

②与邵燕祥耳语（2002）

①在《蔡其矫诗歌回廊》朗诵会上（2003）

②谈爱情诗欣赏（2004）

③在玉林。左起：陶然、谢冕、洛夫、蔡其矫、痖弦（2005）

①

②

①与白刃（左）在人民大会堂（2006）
②与何为（左）、李小雨（中）（2006）

王炳根 编

蔡其矫全集

第五册

诗 歌

1992—2006

海峡出版发行集团
海峡文艺出版社

目　录

1992 年

1

1993 年

1994 年

1995 年

1996 年

⊙ **1992 年**

探　梅

点缀高远云天

横枝上闪闪星辰

只有淡月能予入梦

消瘦浅紫轻青

揭开了阳春的觉醒

什么节序盛开

冷雨未能作结论

单是梦见丽日

初枝也比落红无怨

湖草尚未全绿

江南游客已如潮生

以长阶为背景

临风摇震的水晶

最豪华的寂寞

却响动心的奏鸣曲

徐徐婆娑圆舞

纷纭苍生竞入梦境

1992 年 2 月 16 日

附：

探　　梅

点缀高远云天

横枝上闪闪星辰

只有淡月能予入梦

清瘦浅紫轻青

揭开阳春的觉醒

什么节序盛开

冷雨未能作结论

单是梦见丽日

初枝也比落红无怨

以长阶为背景

临风摇震的水晶

徐徐婆娑圆舞

响动心的奏鸣曲
江南游客竞入梦境

1992 年
（收入《蔡其矫诗歌回廊·翠鸟》）

泛　舟

红披风坐月亮船

浮在云雾上面

时沉时现的眸光

闪烁在初梦的白莲

久雨初晴相遇

心香爱意并非蓦然

眼睛如花见你开

必定是春神在送暖

往昔已过千帆

如雪眸子为什么成烟

千里迢迢的流云

也愿为你洒下雨点

1992 年 2 月 17 日凌晨

醉　海

浪涛汹涌的大海

一朵朵迎向未来的花

永开不败的百合

无边碧绿之上的飞水

扬起了弦琴的弓

播送一阵阵的清新

朝向低垂的太阳

飞溅泡沫的号角

在万里长空的无声中

吹响黑暗的记忆

寒意侵远近

想讲的话都讲不出

晚霞在海面幻成血迹

梦乡的金色玫瑰在哪里？

1992 年

（首发于《诗刊》1993 年 2 月号，后收入《蔡其矫诗选》等）

西 洋 岛

乘风破浪在神仙世界

每天往返一次海轮

像风中落叶

在珍珠泡沫中翻滚

外海的岛屿

陡峭而又荒凉

面对废弃的灯塔

展开寂静幽美斜坡

生长大片的野麦和野豆

间杂长条的银羽草

辽阔而且寂寞

曾经有繁忙的贸易

后来却为高处的防务

历史忽然断裂

难道再也无从得救？

静波远浪在岩壁歌吟
被压抑的怨怒
那气势无法忘却
将发生的一切不用忧虑
时间一到便彻夜灯火
港湾小街永不冷落

1992 年

（首发于《诗刊》1993 年 2 月号，后收入《蔡其矫诗歌
回廊·醉海》）

沙 埕 港

深深的海湾你为什么忧伤？
只让岩上飘拂长须的榕树
浓重的阴影把空气染绿
没有连绵商号而清冷寂寥
长长石阶一直伸入波浪
没有成排船队而世代受穷
当落日在海面铺开金光大道
当风帆在远方左右横驰
你赤裸的岩岸，浸水的荒滩
与壮丽海山是多么不相称

深深的海湾你为何不歌唱？
被半岛环抱的宽阔水面
寂静中沙燕穿过油烟
有剑镇守
对你潜在无视

从哪里出来还想回到哪里！

醒来的水波轻轻拍溅
满含旧情和新意的旋律
木船在微风中
以开放的名义呼唤情人
要求爱抚和渴望远航
海云在对这片空无说些什么
不该沉默，沙埕港！

1992 年

（首发于《诗刊》1993 年 2 月号，后收入《蔡其矫诗歌回廊·醉海》）

乌　龙　茶

　　山多石多的安溪，海拔一千公尺的南岩，有个猎人兼采茶手，在追赶山獐途中，茶叶在背篓摇动，发现半发酵技术，后人为他建庙纪念，并以他的名为茶名，传说距今已千年。

春天茶树萌芽最早
由雾雨洒遍
作大地一年中最初贡献

活火煎出另一个春天
山川灵气化成沉沉水烟
其中似有绿染的白云乡

喉舌品出神仙味
两肋生风发轻汗
一生不平尽向毛孔散

1992 年

（收入《蔡其矫诗选》等）

铁 观 音

安溪南岩，古时林木参天，怪石罗列。18世纪读书人王士让，于观音石下发现特异茶树，移栽园圃繁殖，由方苞介绍，得乾隆赐名"南岩铁观音"。后经乡人贩至南洋，屡得评奖第一，称它"茶中之王"。

铁色的皱叶带冷霜
伸开脉络出现双彩虹
未饮先闻女鬓芬芳

给春水接一个热吻
轻烟淡香也情浓
花影在月光下飘翔

饮后张起高寒心境
云游清凉世界
飞往自由的天穹

1992 年

（收入《蔡其矫诗选》等）

悼　亡

冬天公寓的夜晚

最初陌生的感情

幸福沉睡的呼吸

以及黎明温暖的目光

那不再的柔情、温馨和笑容

都不知不觉远去了

春天桃花的长堤上

编造花冠戴头顶

整日欢乐感染云天

最初的热爱、魅力、纯洁

都不知不觉远去了

夏天刚刚过去的挚爱

秋天郊野的散步

冬天炉前互相取暖

初次尝到生活的舒心、沉迷、眼泪

都不知不觉远去了

铁道旁边的坟地

藤蔓攀缘的墓碑

亲爱的人不再醒来

青春、热望、悲惨的生命

都不知不觉地远去了

1992 年

（收入《蔡其矫诗选》等）

海底红树林

无边的绿树盖海面

自然形成一条条巷道

横向陆地

又纵向海洋

发达的根须如倒置伞骨

丛丛树冠是伞盖

温柔成长为倒影

成长为梦中闪光的琉璃

船走水上同时走在林中

虽无雍容华贵的时装

却也有热情季节风

给人梦羽以飞翔

甜美的歌的行板

远离爱与恨

永远是不可逾越的密丛

1992 年

（收入《蔡其矫诗选》等）

贝　壳　线

美和哀伤的接合点

生死的分界线

凄婉的水烟在上环舞

怎样进入无尘的梦

水湿的罂粟花

把消失的文字再点燃

欢欣和悲哀相距咫尺

海和岸拥抱留下的婚纱

给月牙形腰带添色

渴念的浪退去

春天被泪水淹没

荒芜的水域何时灿烂？

一切该失去的都失去了

一切该回来的却寻不回

翎毛飞过海的森林

迢遥海天都在浮动

大潮在心呼啸

不吐的言词在体内发光

太阳辐射什么样的痛苦？

波涛播撒什么样的预言？

屠刀再明亮

也是可恶的污浊物

贝壳再残破

永远是生生不灭的纪念

1992 年

（收入《蔡其矫诗选》等）

冲 天 浪

撞击礁石的海涛

心血祭起的浪

无数梅花温柔漫溢

百合盛开笑靥

玫瑰的吻照耀碧空

在风烟中作蛇形舞

落下的线条流畅

瀑流飘逸洒脱

在巉岩上锻打青色闪电

洗过的石壁瞬间铁亮

海鸟俯冲的痛苦姿势

在长鸣的间隙坚不可摧

午时云空滴下清泪

孤独的愁绪哪里去了

历史在这里浓烈

1992 年

（收入《蔡其矫诗选》等）

雷　鸣　潮

涌流升起连绵不绝的翅膀

翅下飞动串串水晶

成千的夜光杯

在高举中不惜一一撞碎

散作花粉和盐粒

雪浪的方阵金鼓齐鸣

悲壮的长号

摧动一次次的搏击

掀起水的旗帜

为旋风卷成迷茫烟雾

金星从天唇溢出

射穿层云为秋阳斑影

步伐的踏响旋转着

刻骨的痛苦和铭心的悲哀

在死的呼啸中升腾

1992 年

（收入《蔡其矫诗选》等）

黑 龙 江

两国界河的早晨

流水尚携带朽木枯草

指出上游的灾变

灰色江鸥迅疾扑击

犹如世纪噩梦

于寂静的混浊中飞旋

昨日的萧索

漠然无情的觑视

从燥热到冷淡

怎么就两岸通航

如沙金在深流闪烁

照亮今日的繁忙

隔水通明的灯火

电力可以输送

大桥将坐立谎言位置上

昏聩无知的岁月

一长串历史的嘲讽

为急流冲散

1992 年

（首发于《星星》诗刊 1993 年 4 月号，后收入《蔡其矫诗选》）

渤　海

正午的金针刺绣蓝水

片片的光羽向梦境漂去

渺远天空下

庙宇一样的石岛

浮在大盆里

徐福的船队经过

其实是在寻找邻居

使所有岛屿仙气弥漫

映现蜃楼海市

天之河许多银色的鱼

渴念着难以探索的现实

灵魂忍受不了空洞的词句

为什么不进入新的程序

航向伟大的未知

乐园不被应许

美丽颜色的招牌全无笑意

最真实的还是统治

到了回归季节

南飞候鸟遮天盖地

感情视野上再无幻象

光明落在海底

1992 年

（首发于《星星》诗刊 1993 年 4 月号，后收入《蔡其矫诗选》）

呼伦贝尔草原

一望是纤尘不染的绿地毯
汽车在草浪上颤簸
整个大地全是迷惑的歧路
交叉为无数绳索
鲜花点缀草场的缓延曲线
星散牧群
闪烁千百颗珍珠琥珀

在云雀和狍子的欢叫声中
天空清澈明亮
长云在地平线上掀起尾浪
如等待抚摸的胸膛
一汪蓝水的深渊
移动静寂的夕阳
展现草海最后的辉煌

雄鹰低空如梦飞翔

牡鹿脉脉斜晖中焕发金黄

延伸成带的萱草花

光照远野的白麻圈

勾魂摄魄的缠绵

全如黯然落泪暮色中

消逝的驼铃叮当

1992 年

（首发于《星星》诗刊 1993 年 4 月号，后收入《蔡其
矫诗歌回廊·伊水的美神》）

阳 光 海 滩

阳光在这宽广的地域

已经不是普通阳光

被水濡湿之后

湮开为八方透彻明亮

注入水的清爽

只觉得早晨无限延长

白日成了一轮金镜

以朵朵莲花浮载经空

敞开它缤纷的七彩

孤独在中天转动

牵引风帆秋叶飘飞

海静悬为蓝色的高墙

极目平沙十里百里

并无季节变异的花蕊

海岸的黄花和紫花

缀满正午的坡地

照耀豆蔻年华的双眸

使云影水雾更光辉

每人心中都有超现实的爱

与自然的交情虽淡犹浓

到处都有爱的时光

每时每刻也绝不雷同

大千世界住在心里

神秘也在其中

给我你的水晶纯净透明

给我你的肌肤，你的唇吻

那里浪洗青苍轻声柔响

给我你的海平线永无边疆

接纳远近的妙目皓齿

宣布爱的无限和辉煌

1992 年

（收入《蔡其矫诗歌回廊·醉海》）

夏 之 风

从海上瑟瑟而来
翻动无数的小镜子
闪烁大理石冰样银辉

阳光融化为月色
恬静抚摩眼睑口唇
轻柔像爱人的温馨鼻息

气流捶打无忧无虑
赤脚的天使踩响心键
舞成微波下水藻的影子

树软软晃动如葵扇
牵动旅人邈远的心绪
波上风帆似烟淡去

太阳成水母在天空漂浮

万里碧空看来冷冷

人仿佛在海底树林的阴影里

净身的风刷新了一切

袒露的灵魂和肉体

沾满清晨的露水

1992 年

（收入《蔡其矫诗歌回廊·醉海》）

外 浒 滩

淫雨放晴的海边

走动着拖曳的人群

把贱价的海带铺展开

沙滩卵石全被占领

船开出港

倒悬的植物成畦成垄

狭窄水路黯淡无光

连波浪都盖阴影

贫困的日子哪有风景？

只有夜晚来到

晒干的海带尽数撤去

月光又泻下清辉

幻想重新得到自由

去坐在卵石上

接受海风的抚爱

才见出它的美——

那是未来的真实

1992 年

（收入《蔡其矫诗歌回廊·醉海》）

烽 火 岛

波浪穿着珠色衣衫

时时在海面上舞动

梦中钻石纷飞闪烁

水天一时照成辉煌

不经燃烧即无心的热焰

烽火岛举起焚烟的红光

四围排列沙滩礁石

海魂在风波上徘徊

如薄雾笼罩的晨星

空中缀满彩色玻璃

广阔之爱的无私给予者

烽火岛为你心灵创造美

坐观涛峰浪号起伏

回想青春迷惑歧路

心中激荡天体的风

急切盼望未知胜境

怀着乡愁到处寻找家园

烽火岛是爱的可靠联盟

1992 年

（收入《蔡其矫诗歌回廊·醉海》）

夜　涛

在星光的眼睛注视下
以温柔轻盈的舞步
远涛缓慢无声地趋前
有如黑暗中一群白水仙

卷动，卷动，升高再升高
忽然跃起性急拥抱海岸
比掠飞的群鸥更洁白
比嘶鸣的马队更蹦荡

怎样由一条漂亮花带
繁衍为雪亮的林丛
怎样卷星映月四季无眠
为你不倦谱写华丽乐章？

1992 年

（收入《蔡其矫诗歌回廊·醉海》）

防 波 堤 上

苦笑后流泪的地方
失望后寻梦的地方
心头一片哑然的沉默
看抒心的波浪翻腾
最容易为绿海动情

卷起万千水珠的灵境
让心从干燥到潮湿
抚平爱的创伤
强劲又温柔的风啊
你吹起泡沫的边沿有水神吗?

海的肌肤响彻水的狂歌
对万物发出悲天悯人的呼号
永远不败的君王
在空蒙宏伟的烟波上

叫喊上升的希望

存在最终意义的象征

涌动的潮汐啊

向来没有顺从的习惯

为自由永生的信念

白眼对你不起作用

与飘流世界的风结伙

生命紧贴着生命

轮番地往返回旋

在莲瓣纷飞的时刻

瞬间完成永恒

1992 年

（收入《蔡其矫诗歌回廊·醉海》）

雾　航

漫天的水雾，兜揽灵魂的强风
一派阴霾浓重，海却依旧辉煌

浪依旧放荡，给岩礁以连续狂吻
回环四周的呼啸，船起落无常

天海共旋转，云幕的长脚横扫
深渊欢呼，风浪叫灯塔几乎晕倒

爱也是极艰难、极严酷的历程
有如这条海路，欢畅也在其中

1992 年

（收入《蔡其矫诗歌回廊·醉海》）

37

东山钓鳌石裂变

古城，海角，高踞在绿树之上
因目标太显曾受日舰炮击过

何时出现了裂纹，终于发出巨响
冒很高的烟，那只是白粉

近旁有座关庙，居民说是关刀劈的
笔直的裂痕，贴了许多符咒

是为消灾，还是为祷告？
这里成了祭台，信徒纷纷膜拜

世界上本无龙，也无鳌
传说中的大鳌谁曾钓过？

旧文化的消失是注定了的
不如筑座观景台，遥望新南海

1992 年

（收入《蔡其矫诗歌回廊·南曲》）

死者五十弦

尚未完全解冻的河

等待返青的山

你独自安息

月夜听母狼悲号

晴日看云追逐

想念遥远的亲人

有泪不滴

生时春花柔丽

死后落叶静美

空茫幽寂中

魂魄已同太虚合一

1992 年

（收入《蔡其矫诗歌回廊·风中玫瑰》）

海　口

你园里芳草铺展

有白鸥在上面盘旋

为了思慕

那一片盈盈的纯真

待我以至诚

立下栅栏

只把郊游的日子给我

虽然是个遗憾

净水的目光

不为人知的情怀

一颗出尘的心

在遥远地方思念

1992 年

（收入《蔡其矫诗歌回廊·风中玫瑰》）

湖　　上

红蜻蜓坐月亮船

弄波在淡雾轻岚

时现时沉的眸光

闪烁初梦的白莲

往昔已过千帆

如雪眸子为什么成烟

久雨初晴聚会

心香并非偶然

1992 年

（收入《蔡其矫诗歌回廊·风中玫瑰》）

听　涛

夜用星束扎起来浓黑长发

散落到深沉水里

心头充满幽暗

忧思不请自来

谛听寂静汹涌

心事难以表达

不如以沉默和星说话

眼睛印着大海

有如遥远不可及的悲哀

生命航行在无声世界

唯有时发时止的涛音

一次比一次深沉

一次比一次凶猛

敲打心的琴弦

未说出的东西也许最真实
不需发声便做同一幻梦

美丽慌乱的夜
心扉久闭后敞开
一切虚饰扫净
诉出柔情
以涛声做我的信使

灼灼星芒抚我头顶
晚潮安慰被遗忘的心
闪烁一颗颗同情的泪

夜已到朦胧时刻
空茫的月天更加沉静
灵魂向永生的昏暗飞去
借幻想淡化痛苦的现时

（1992 年）

⊙ **1993 年**

火 山 口

远看似马鞍，其实是环形
有如废弃的天井
地质学传说，曾经辉煌过
冲天喷发留下残迹

松果般黑色熔岩，不被风化
山羊在咬啮岩缝草
周围就开张许多羊肉馆
算是对造访者的款待

使我们盲目的短暂光芒
只留沉甸甸的悲伤
贮藏热酒的坛子
被善忘的脚践踏

下陷山口被树包围

是无声的喷泉阅读沉默

终将一死的谬误

其实是硬化的烟

未压服的光，在地层下流动

1993 年

（首发于《诗刊》1993 年 9 月号，后收入《蔡其矫诗选》等）

冰 雪 节

从绿到白、到蓝
从淋漓到入梦
一步步轻盈走来
仍然保持水的青春
千万珠宝在心里成长

有被称为零下的奇迹
有与火同一精神的字眼
清醒充斥空间
璀璨的笑容打扮冬天
北国迷目光艳

一次大规模对透明的朝圣
人心向蓝宝石旋转
毛皮包裹的女郎
仿佛头戴蒺藜金冠
举步在月亮球面移动
使美增多，光增强

美的浪潮涌入雕塑园

光芒脉动照亮胴体

静立如一杯水

女神的双乳对着激流

听到诗的韵律

流水的静止

是一年必经的途径

历史变形阶段

出现沉默的瀑布

不作声的波浪

经过梳理后的透明

说不能说的心事：

水在冬天的变革

是存在的复苏

是冷峻战胜热昏的证明

神志清明的躯体

也许有一千只眼睛

不是去揣摩而是去看见

消失了往事的微笑

无形之花在沉默茎上怒放

1993 年

（首发于《人民文学》1993 年 10 月号，后收入《蔡其
矫诗选》等）

灯 塔 旅 馆

南方一片珍珠海滩
白昼沉默黑夜吟唱
太阳能点燃的灯光
明灭在半岛尖端

夜是眼睛的花园
天空一只开屏孔雀
颤动着覆盖海沫
磁性的夜之气息
与梦搏斗的暗里之风
吹醒光的余烬

残月从暗云中出现
照见中学的渔家女儿
脸如水波中受惊的月色
抿起嘴唇暗语沉重

明天她们将建造这一方新天

1993 年

（首发于《人民文学》1993 年 10 月号，后收入《蔡其
矫诗歌回廊·醉海》）

文昌东郊椰林

旋转天空的南十字座

最北热带的椰树林

是太阳用一个手势

招来陌生的火的花园

茅草竹屋的海滨

朝空中耸起灯塔

灼热的泉水喷入云天

一躯伸展的裸裎

那里种植云

那里天流过沙滩

文身的正午和赤裸的子夜

日月托起火焰的潮汐

青蓝色所有的浓淡

把树和海融为一体

灿烂漂泊已很遥远
岁月中又有新的花事

也许是对静止的一次飞跃
正想翻身的椰林
被无数假日酒店围困
瞬息宰割又瞬息变形

孤单钉在旅游浪潮上
连地名都被更改

半岛王位消歇
被商业淹没的园林
非死也非生

回忆是暗淡还是辉煌
蒙尘的花无言

1993 年

（首发于《诗刊》1993 年 9 月号，后收入《蔡其矫诗歌回廊·醉海》）

赛 江 的 风

用看不见的手抱揽江河

摇摆太阳的新时装

扮出一个个自选动作

树舞蹈

高楼崛起

层云中展开梦的羽翼

抚摩多姿的云影

又轻歌横架两埠的桥

由通道吹向大海的门户

以青果入梦

是风推动波浪

还是波浪推动着风？

恋人的注目销魂

绝不因为静止的美

石化的白马跃向高空
莲屿踏水上光辉的步履
把追求的变奏揉进风
走向一个梦中花季

1993 年

（收入《蔡其矫诗选》等）

萧　红

生命承担爱的重负
难与庄生化蝶起舞
纤枝细条发声的年代
呐喊一朵花的半开

人海辽阔，世途多歧
呼兰河的灵魂
溶入南国滴血的心

受难的秘密，深藏墓碑下
大地之恋如老去森林
依然落叶纷纷

1993 年

（首发于《诗刊》1993 年 9 月号，后收入《蔡其矫诗选》等）

写　作

凭感觉去摸索生命

传达理解并表现感情

以语言作意象智力的舞蹈

将现实引向未知的早晨

拜伟大为师获得个性

对神秘万物悲天悯人

空灵的思想在内心出入

为自由和美奋斗终生

1993 年

（首发于《人民文学》1993 年 10 月，发表时题目为
"童话"，后收入《蔡其矫诗选》）

美在武夷山

曲水抱山如银钩

山各独立不相连

山泼翠

水拖蓝

人在九曲云彩上

峰峦倒影镜中看

众山举头看游人

一览台上云气生

山风清

翠烟凝

身在苍茫云雾中

人似神仙在飞腾

朱熹琴书四十年

风流独占武夷山

狐狸洞

虹桥板

人天之间能相通

幔亭集会非狂言

来到武夷心逸远

先人梦想不虚幻

航天河

架壑船

玉女大王永相会

朝云暮雨不间断

天然美在武夷山

心灵美在武夷山

1993 年

（收入《蔡其矫诗歌回廊·南曲》）

◉ **1994 年**

椰　子　节

自然赐给人最佳饮料

哪能不以盛典庆祝

彩旗缤纷的广场

飘出热带的光臂裸腿

使海南更加诱人

苗条匀称的黎家女

舞后坐在抬竿上

这幅画似梦中才有

以困乏之身游行

那姿态叫名模倾倒

1994 年

（收入《蔡其矫诗选》等）

59

赴 西 沙

登上运水船

向海流的汹涌中开去

没边没岸的广阔

赤身裸体的清新

流动的螺钿

喷吐寒雪

为远方渺茫珊瑚岛的守卫

频繁的补给

艰辛的后勤

在明艳的南中国海奔驰

被夜半的光芒惊醒

起看一排又一排炫目雪亮

把暗天照成早晨

考察一号和考察二号

两船的强光射穿夜色

千万颗星辰突然隐去
临海飘动虚假黎明的云
幻成青光四溢的梦境
奏响太平洋和平建设的歌声

1994 年

（收入《蔡其矫诗选》）

二赴西沙

榆林港海水不再透明

浮油和垃圾赶走蓝纹热带鱼

现代豪华的码头

持枪的水兵岗哨肃立船舷下

漂亮的猎潜艇

威武的驱逐舰

节日一样挂满彩旗

冷饮店站着笑容的女招待

俱乐部迎出三星女上尉

阴凉的长廊座无虚席

走过跳板到菜市

发廊、果摊、人来人往

山上的猴群绝迹

到处是楼群林立

登上一千八百吨运水船

向海流的汹涌中开去

没边没岸的广阔

赤身裸体的清新

流动的螺钿

喷吐寒雪

为远方渺茫珊瑚岛的守卫

频繁的补给

艰辛的后勤

在明艳的南中国海奔驰

被夜半光芒惊醒

起看一排又一排炫目雪亮

把暗天照成早晨

考察一号和考察二号

两船的强光射穿夜色

千万颗星辰突然隐去

临海飘动虚假黎明的云

幻成青光四溢的梦境

奏响太平洋和平建设的歌声

1994 年

（收入《蔡其矫诗歌回廊·醉海》）

想　　象

我想象你就在我面前

挺着丰满的胸膛

托起美的太阳

七彩花浮现

我想象你引我进森林

闪着月亮的肌肤

有暗夜的波浪

覆盖在头上

我想象你乘着梦之船

载着我走向深渊

风中我用双手

护住了火焰

1994 年

（收入《蔡其矫诗选》等）

摸黑下天游

青碧一色中飘飞明亮薄云

到处是芒草随风摇荡

有谁发现远方闪电

担心归途淋雨

摸黑下天游

白金色的霞光反照黝黑的山

却如百尺楼台叠向幽溟

道路原是为人看的

这时却使人恐惧

黑暗,真正的咫尺莫辨!

每一步都是惊险!

痛失良宵难再!

大块无言

唯清风吹我

1994 年

(收入《蔡其矫诗歌回廊·伊水的美神》)

鹿回头之夜

真实和幻觉交融为

金光闪烁的海南晚景

不动的蓝水环抱着

辉耀的楼群

半空浮动的亮云

和波光粼粼的水滨

都被山顶的劲风吹动

灯火在川字形长街摇曳

有如爱心得不到回应

而苦楚难忍

1994 年

（收入《蔡其矫诗歌回廊·醉海》）

永 兴 岛

南海诸岛的首府

西沙的核心

以一艘战舰命名

曾寂寞荒凉多少年

直到南沙一次战斗

四千民工来这里日夜赶工

建筑起码头和机场

雷达的圆形高屋

也如满月在白天飞升

可统治这里的依旧是寂静

寂静的首创一条街

寂静的医院、邮局、商店

两座新建宾馆空无一人

供销社专营不堪入目的贝壳

广大海空荒漠似的沉默

四围是永恒的涛声

满天的飞鸟全部飞走

满海的贝类也几近绝灭

潮汐雄伟

寂静疯长

热带的过雨云

在海上映出巨大的虹桥

凉亭、防波堤、灯标

都一起被笼罩在七彩圆穹下

无比恢宏的大理石碑铭

南海浩渺的象征

又把爱情的灯点亮

尾波微笑在远方

海空千万颗露珠闪耀

名贵的酒在酝酿中

1994 年

（收入《蔡其矫诗歌回廊·醉海》）

遥望南沙

日子像处女刚刚张开眼睛

心中涌满潮湿的感动

生活在灿烂的珊瑚之上

光华与寂寞

困惑与焦灼

波动在难抑的战栗中升起

远海的城堡

梦中蜃市

以宝石的光焰燃烧

青春和朝气神圣莫测

生命欢乐的水手

永远有高于一切的情操

在希望的目光深处

把海卷进众梦

建立联合人类的事业

抵御阻隔

协调海洋的心

向光明贡献青春

自愿受苦做开发的先行者

与爱永久联盟

以全新的目光看世界

迎接太平洋伟大的黎明

1994 年

（收入《蔡其矫诗歌回廊·醉海》）

东 海 滨 城

从丰州到鲤城、到海滨

泉州的步伐跨过千年

踏平崎岖的荒野

种植水晶的玫瑰

一片云霞蒸腾在天边

谛听走向蔚蓝的脚步声

唤醒先人泪洗的想望

海波浮起了绿树

绿树上耸立高楼

初放百合又铺满海岸

重构海上丝绸之路

泉州再成为友谊的象征

在天边的波浪上

奏起新世界的南音

1994 年

（收入《蔡其矫诗歌回廊·南曲》）

昆　明

长街小雨湿春花

阴沉三月有辉煌丽影

回看高原旧泪屏

一曲新歌拨动我的心

深宵不息如续残梦

有生命久贮温馨

明艳双星涂满金粉

延伸到神秘黎明

1994 年

（收入《蔡其矫诗歌回廊·风中玫瑰》）

廉村古文化

海潮曾经远道而来

码头和城堡

傍着清溪繁荫

运送渔盐的木船

沟通了闽东和浙南

宋代的集市巧作八卦形

铺石三行的官道

连接了十六座进士宅第

都已坍毁无存

绝尘的空庭

尚有砖雕和石雕

诉说从前的博大精深

穆水的人才高峰

为什么沦落到鼠目寸光

只敢扒开野外荒坟？

还是靠了宗族的旧情

留下古画彩屏

让新世纪勾起百年悔恨

1994 年

（收入《蔡其矫诗歌回廊·雾中汉水》）

⊙ **1995 年**

晋 江 之 歌

继承中原先人的优秀文化，
融合世界人类文明的精华。
勇于开拓的晋江人，
诚信谦恭，团结拼搏，
把枕山临海的晋江侨乡，
建设为中华大地一枝花。

重振古代海外交通雄风，
要做八闽改革开放的先锋，
胸怀大志的晋江人，
面向世界，面向未来，
让祖国东南的这颗明珠，
在太平洋西岸永放光芒！

1995 年 8 月

潮汕绣花女

十指尖尖的兰花手
在绣架上下穿针引线
让深情的水竹
清丽的飞蝶
来在布上缠绵

以漫长一生寻找诗
发现灵魂秘密对话者
进入创造激情
有素净襟抱
斯有出尘手艺

对美的照亮与提升
泉源来自典雅古风里
耐得住大寂寞
作生之楷模

诗歌向你致敬

1995 年

（收入《蔡其矫诗选》）

金 海 岸

张开曼长双臂

寻求丰满的玫瑰

海水浸染阳光

雨丝幻成为虹霓

每天的新感觉

开花总在喜悦里

笑容冒出银浪

欢声如波涛四溢

尝过冬的寂寞

对春天分外爱惜

目光解除束缚

不再向悲伤凝视

1995 年

（收入《蔡其矫诗选》等）

梦 之 谷

沿墙开花的道路
尽头有星云的光明
山亭在眼前一亮
忆起欢乐怎样产生

众仙途经的山谷
曾闻气流的箫笛声
仿佛是一阵细雨
洗去灵魂中的灰尘

常与大自然交欢
结爱情的永久联盟
郊野的风和日丽
照亮并且拓宽梦境

1995 年

（收入《蔡其矫诗歌回廊·伊水的美神》）

南 澳 岛

南宋最后一个君主
曾经在这里隐身
留下一个神秘宋井
咸淡能绝对分清

明代泉州一个战将
俞大猷自北进军
戚继光越南山包抄
赶走称王海澄人

一条街分属两个省
郑芝龙牌坊尚存
官署前一棵大榕树
郑成功竖旗招兵

波涛洗去历代风尘

谁知海岛夜多深

如今架长桥通大陆

展开亚洲新海景

1995 年

（收入《蔡其矫诗歌回廊·醉海》）

◉ **1996 年**

为《花卉摄影作品集》题诗

奋 斗

就座于光影之间

直柱如垣

打开沉默之门

对你诉说

那光芒的语言

如歌的行板

瞬间诞生

却永志勿忘

落尽羽衣留芳心

欢愉的翅影鼓去

粒粒宝石闪烁眼前

果果呢喃

被第一声秋雨唤醒

一缕心香游走

卸下思想的重载

留住感情的轻盈

幽雅的联袂

当夕阳静立之际

联袂迈步

向烟波迷茫中走去

那里的火烧云不带雨滴

却有未知世纪的奥秘

等待你的探索

在雨中

绵绵雨丝淋湿

嫩叶缀珠成春花

天外晨光透射

洗红色泽如早霞

阵风吹动远枝

云水之上

闪耀出银灯的光华

珠　菊

泉水中的千百卵石

流动着鳞片泡沫

光芒碎裂如潮细片

是泪珠项链散落

那无垠的爱之注目

都投向蔚蓝雏菊

深秋残荷依样艳

深秋的红色喷射

让残荷的美艳重生

虽然花事已逝

枝条依然活泼魅人

请张开你内心的耳朵

听取光明之歌

生命即使已如夕阳

也要最后辉煌

半含笑面倚翠屏

阳光穿过绿叶

艳丽中故事深藏

宝石溅出的火花

传递心灵信息

世界有爱才光辉

花有情才香

瑶池花影

深潭一样的夜

两支明灯照成两颗月亮

满空散发绿星

曼梦初回

聆听炎热已去信息

把理想之舟推向未来

一盏小灯

积雪的山峰

闪躲朝阳的光芒

暮云带暴雨

尚留夕照的辉煌

对人生隐去残忍冷酷

就是最称心的太阳

豆蔻年华

阳光照射花前叶后
花茎明亮而叶梗阴冷
花和叶都同生于藕
一个后仰又一个前倾
万物都是相成相反
差异的规律涵盖永恒

红艳艳的山茶花

浓淡相依
光影相偎
静寂中千言万语
说不尽的永世之爱
半明半暗的躯体
既是一对恋人
又是一个世界

代代生机

银球绿剑
映衬蓝天
和谐中各自完成

又都具现太阳之恋
壮丽才涵盖无边

水晶吟

高天飞来的天鹅
栖息在早春绿枝上
微青微黄的白羽
点缀未被污染的晴空
带着冬雪的纯净
走进北国风光

飘 逸

彩云淋湿低头
是在雾霭茫茫的雨后
夕照已经悄然下移
何处可将柔情诉说
也许期盼的花仙子
在年岁的另一边等候

忠 诚

鼓满的船帆
伸展双翼

芭蕾女张开短裙

粉色羽衣飘动

烛台的红焰下

笑容旋转入绿荫

亲　昵

红蕊吻落青萼的露珠

多么娴静多么温柔

爱情使周围光辉灿烂

空气更清绿叶更绿

这是至上神圣的音乐

这是万古常新的诗

隔帘光影动

葱茏斜纹

光影交织

也许藏有轻轻步声

也许遮去熟悉的神秘

斑斓后面的红花

谁曾留意

玉洁冰心

朦胧主体
清晰殿后
有如雾山只露尖顶
才见出高远精深
绽开梦的花瓣
护住焦黄的心

初　放

冬天的寒意尚未退尽
春花的洪流还在远方
荒凉山谷几枝小蕾
已把胜利的音乐奏响
冲毁最后的陡峭
欢呼繁丽的明天

祝　福

绿的光影静悬
绿的音节回旋
紫衣舞者捧出金杯
祝祷年岁安详

大地春满

生命的斑斓

明月在绿云上初现
光柱直插天空
弹拨竖琴的手指
以风的音节吹抚浓荫
暗影沉默
明灿飞升

素　葩

弱枝能承载重蕊
因爱情而掂量生命
以悦人光辉
插放清香美色
思念春天的雨点
迎如歌的夏日

玉　洁

分明是两个急促
却至清至洁
花开为什么这样短

花落为什么这样快
谁不叹惜它的命定
谁不渴望重逢的温馨

嫩叶盛果

果实的梦是一片森林
阳光为树叶镀金
银河倾注祝福光带
月亮也在云上行
太阳系之中
唯有地球永远清新

高 亢

舞女的手指张开旋转
幽淡之花美如晨曦
飘起似霞的透明丝绸
面对周天深情注视
弱枝热切地伸向观众
台前却一片空虚

梦 果

丰收的果实累累

渲染光芒成为敬意

给成熟谱写颂歌

为勤劳带来了慰藉

岁月不再无情

信心就更加充实

秋叶窥视

帘后的红叶

离开枝头安静寂寞

从前的欢唱

于今只剩一片沉默

管他是狂风微风吹落

依然能照亮空间

暖我心房

粗犷的映衬

戴花的侧身树体

穿褐色披肩

红润为劲条伴奏

不缺最后一点温柔

未曾表达的热情能算热情吗

没有动作的爱能算爱吗

孕

暮冬的枝丫上
闪烁来年的希望
湖泊形态的清澈中
有冰的寒意
半醉在玉柱下
又半醒作深情絮语

俏不争艳

一切虚幻不见世界
完全实体没有艺术
动人最是这百合
花光用暗影陪衬
辉耀赛水晶

水面清圆睡莲妆

展翼的天鹅浮水面
煌煌火焰在冰峰
雪岸的灯光似梦幻
睡莲怒放池中央
清芬播四方

花影日映晖

一枚凉阴的白日

有花叶托举

满天红光传送歌吟

打开心灵的锁

穿越销魂的空间

直达自由中心

迷彩衫

穿着光芒之衣的连冈

层次分明的峭壁

投石在海水中飞溅

黄绿和谐的放射

形成扇状的意象之路

盘旋往复

从中传来笑语嗓音

赞　歌

花蕊深藏

花瓣借来夏日炎阳

红色的爱情交织凝视

颂歌流连久久
骚动在花前消失

序　曲

跳跃的音符
播出一曲明亮之声
飞泻的线谱
连接上苍下界
心的倾诉广被银河
无始也无终

台阶上的盆花

水波的梦痕荡漾
光辉流溢横栏临界
永久的正午
难以辨认的色斑
燃烧无数回忆和思念

绿叶一枝春带雨

叶悬水珠
影带雨雾
畅饮无形喷泉

沉醉于瞬间闪忽

精美的圆点

向心倾注

红彩为醉

花的狂欢

红的笑

以旋转描绘艳色

晕眩中见到群仙

以连绵的舞袖

拥挤在云团上

三角梅风姿

是花是叶都在飞翔

是光是雨都为它洗红

献出最耀眼的色彩

从不生冷又永远放浪

送出无数的小鸟

收纳全宇宙的目光

含苞待放

花枝初醒

星云流驶下坠
群箭齐向地平线
放飞
珠宝重裹
梦幻花瓣潜伏
脉动中听见潮汐
汹涌

花之舞

以兰花比喻女体
是被诗制作
被诗看见
摇曳在青绿苍茫中
漂亮的姿影飞扬
纵吹千年爱的宿愿

红菊舞秋风

白昼加冕
红妆羽衣
灼热情爱喷入高天
秋风中暗影
隐匿多少狂欢心绪
炫目的闪耀

是生命的黄金季节

辞冬迎春

一缕古香在老干上
冷月为它照明
孤枝撑起独立的风景
寒蕊如升空的灯
年岁终极之花
驱散了流泪的凋零

冬　荷

生命一直延伸到岁寒
枯黄茎叶虽凋残
却有一抹绿色浮面
说尽对世界的依恋
希望也是这样
至死都不投降

春雨迷蒙

向上直插云天
四周是光波水影
恩惠来自大自然

花草都受钟爱

世界充满深情

春光红衣浅复深

怒放和含苞

美的两极

情的双至

光芒独照狂歌

温柔偏执朦胧

触抚世间可爱形态

都是感官最生动的时刻

永恒就在杯中

淡冶而如妆

枝上水晶

透明的花瓣

绿叶抖擞

舞成一派新雨茫茫

未被触动的早春

有鸟声细细

远笛悠扬

早上好

展容在群玉山头

身披飞天罗衣

天空的酒杯为之倾倒

万绿洋溢纯洁生机

以宝石的光轮照耀

以强劲细枝托起

落　花

花瓣在骄阳下沉默

叶片伸掌抚摸

阴暗有次序

光明成条理

也许明暗的统一

并非不经意

清泉边的幽兰

镜子般的日光在叶片

奔泻的雾影在流水

浅蓝清溪

深绿幽兰

都在传达一个信息

美为某个人而存在

它期待并要求观赏者

嫩于金色软于丝

身裹和谐之光

向上飞翔

温情的风拂过

感官张开

以舞者的身姿

诉说生命的辉煌

轨　迹

舞蹈的藤条

光的轨迹

在半明半暗中沉醉

永不通向冬天

枝叶醒来

于无声的混淆中展翅

飞翔并且歌唱

初　醒

两颗相依的月亮
两枝白玉的姐妹
梦的轻烟弥漫
托起升空的笑容
两只爱的金杯
招展飞翔

回　忆

纷飞的陨石
回旋的星体
由于阵风的扫过
黄衣蓝裙乱作一团
颜面模糊为几个笑容
乳房幻成一串嫩果
转动，转动
终于茁发出叶片和花

独吹边曲向残阳

不再是明媚的残阳
蓟花仁望远方

风雨的低落从边界升起
所有烟云都在彷徨
强烈想望似洪水汹涌
要漫过太久的阻拦
去寻找那遗失了的梦

犹抱琵琶半遮面

两柱被风吸起的泉水
在蓝空展开的绿萼
醒来明灿幻觉
复活枯萎的往事
诗的琵琶女成了双
在似水乐声中摇曳

秋 叶

黄叶的纵向排列
一片片远行的船帆
迎着风蹈海踏浪
去寻找失落的家园
年深月久的漂泊
把枯焦写在那上面

晨　妆

为长长的艳阳天
给眼睛以片片青翠
掀起记忆的回流
迎来凉爽快意
镶银边的手掌之扇
把炎热纷纷筛去

春风绽蕙兰

璀璨明亮
最动人的笑容
把爱情的灯点燃
花瓣包容万种春心
年年春深重来
岁月却一去不回

硕　果

五色的笑容
丰盛喜悦
垂挂珠光星辉
渴望在暗中焚烧

鲜艳藏有多少秘密

一缕青丝

小小红星
有多少青丝护卫
已发未发
都有无限忠诚
永不丢失的幸福
由爱萌生

脉

羽毛乘风腾空
开启云水的闸门
雷雨倾盆而下
引发光影的瀑布
上升的斜纹微笑
下压的烟波汹涌
寂寞之河流入大海
平息了爱的疼痛

樱花艳春光

赏心悦目的笑靥

来自梦中水滨

几缕风雨的暗影

牵动搁浅的云

心事被淡雾笼罩

依旧脉脉含情

秋　实

金色钟声震撼天庭

却久久未见回音

沉思扩大寂寞

心境仍深沉素净

思辨和狂想

消落于秋色光芒中

感到牵情将尽

1996 年

渴　望

心灵的美神
回到生命莽原的太初
天性的原始崇拜
是人身最魅人的地方

石上的洞户
一枚孤独的花
神圣的轴心
爱之醇酒从这里流开

蜿蜒的柔毛
有如烟波扩散
热情之浪细致展露
美的山丘浮现出来

圆孔里的夜色

光辉生活的源头

周围华丽惊心动魄

是永恒的月光

成熟的点线等待抚摩

接触的美

比起眼见的美

更深厚也更生动

1996 年

重返爪哇岛

怜爱目光如水回流

天方的旅地时明时暗：

中世纪壮丽佛塔

热带相思子落满阶前

欲曙寒气中登攀

喷烟的火山银星闪闪

遍山别墅空寂无人

包藏深远的种族忧患

1996 年

（首发于《福建文学》1999 年 6 月号，后收入《蔡其矫
诗选》等）

岜　厘

千姿万态三角梅
满街满巷照人眼
木柱上雕刻的佛龛
竖立在每幢村舍门前

珠光宝气的云絮
粉蝶般静静飞扬
没有阴影只有光亮
花香弥漫每一座庭院

古色古香的旅馆
游泳池荡漾蓝光
那光抚遍日本女客
垂枝芒果又轻拂人面

舞剧在黄昏林下

女演员轻盈如云

展示那原始的爱情

一如大地最初的春心

1996 年

（收入《蔡其矫诗选》等）

帆

任威武的铁舰纷纷前去
它仍在波上缓缓滑行
让温情笑纹浸绿水
招引后来航海人

穿过飞舞雪花的浪
与风与雾结良缘
历经无数潮汐
平静入海港

回眸忧患旅程
向寂静倾听

1996 年

（收入《蔡其矫诗歌回廊·醉海》等）

梭　罗　河

巨大的钢桥跨过河身
那首船歌已渺不可闻
代替它的是晨昏四起的
伊斯兰教徒祷告的呼声

市场上悬挂多种香蕉
河两岸点缀花农小圃
往来都是穿桶裙的少女
多彩身姿似直立的海螺

1996 年

（收入《蔡其矫诗歌回廊·醉海》等）

⊙ **1997 年**

虎 门 欢 歌

两百万斤鸦片的销毁
是中国震动世界的壮举；
虽经一个半世纪的屈辱
最终还是确立了正义。

虎门，东方的脊梁！
今日香港回归
正在表彰你的耿直，
显示你的辉煌。

1997 年

（收入《蔡其矫诗歌回廊·醉海》等）

hertzé

腾格里沙漠

腾格里，蒙语：天一样辽阔。它每六小时有一场扬沙天气，起风沙天在年三百天以上。

来自西伯利亚的劲风
在贺兰山和祁连山之间巨大缺口
扬起漫天黄沙飞过长城大河
波及陕甘宁三省干旱地带
为黄河泥沙灾害的主要源头；
那巨大的含尘气旋
形成沙暴
飞过太行山脉和华北平原
跨海出现在朝鲜和日本上空。

茫茫沙海的西北
传说是老子羽化的地方；
汉代这里是南匈奴的游牧地

飘扬过张骞班超的旌旗

驰骋过李广霍去病的车骑；

六世纪南北朝的西魏

在这里设立鸣沙县

据说有过沙陀国

于今黄河边尚遗下番王园；

成吉思汗四次进攻南匈奴后裔

最后灭了立国二百年的西夏

他也在这一次受箭伤

死在六盘山下行宫；

马可·波罗经此去觐见忽必烈

丝绸之路的驿站鸣沙镇

已消失在茫茫流沙中；

明代建造的新长城

只剩胜金关的烽燧故垒

在沙尘中隐现。

一代又一代的杀伐征战

悲剧舞台屡次使历史中断

先是人的残酷

然后是自然的报复；

死亡之海数百里

格状沙丘刺向蓝天

透明烟焰摆动热浪滚滚

断篷枯草风鞭下颤抖

流沙在蠕动，跳跃，飞高
黄尘浮悬向远方飘去。

我来时正一场秋雨淋过
星散的沙生植物纷纷吐绿
花棒柠条枯干紫蕊
在风中摇晃成沙姑娘
偶见一篷旺盛黄柳
半醒半醉在温热软沙上
冰草修长叶子划出的圆圈
说明大漠的风无定向；
高耸的驼峰把我举上半空
又倏然潜入神秘莫测的海底
曾是羊皮筏子划手的向导
锐利的目光满含悲伤。

沙漠南沿弯过一线黄河
横卧一条铁路
为保护这交通大动脉
多少人耗尽了心血
让绿色逆流一层层围上来
展开千秋事业的大搏斗
金色底版镶上了碧玉樊篱
人和自然的严峻对峙
吸引全世界观光客

来看天沙尽头的落日

给苍凉抹上瑰丽。

1997 年

（首发于《人民文学》1997 年 9 月号，后收入《蔡其矫
诗歌回廊·翠鸟》）

● **1998 年**

蓬　莱　阁

一

断崖和绝壁的丹涯之上
是一处耸立千年的名胜
翘角飞檐入重霄
脚下沧海展铜镜
太阳起身远方的礁石群
携带红焰的帷帘在飘升
风帆往来烟波中
白鹭低飞牵流云
夏秋时有楼台悬在空中
摇荡出世间万象和仙人

二

秦皇汉武尘寰欲壑未了
总是梦想到这里觅长生

田横五百栖何处

徐福三千无回程

高阁建成后第二十四年

苏东坡五日两次来登临

走笔留下海市诗

此地声名遂大振

后来邑人戚继光练精兵

就在这阁旁逶迤的水城

三

传说八仙每年清明聚会

从这里漂流万里过东溟

李世民跨海征东

遗留钦岛和皇城

此地曾是民族大气所在

虽无仙人却创造了仙境

年接游客一百万

心因碧绿见深沉

面北又当风的蕞尔小城

文物的微光竟千年常明

1998 年 8 月

（首发于《人民文学》1998 年 11 月号，后收入《蔡其矫诗歌回廊·醉海》）

长 山 列 岛

海之天国

北方的鼓浪屿

千年帝王欲望不死的仙境

从世外神山的谎言

到徐福三千扯风裹浪东去

从流放配军的沙门岛

到南来的海神庄严庙堂

古代东方海洋文化的丰碑

历史老人的脚迹

踏印群岛个个险峰怪石

大气透明密度差异

造成海市明灭在天空

变幻南柯之梦

几片飞云一阵细雨

就这样弥漫着千古仙气

京津的咽喉

东向丝绸之路的门户

刘彻、司马懿、杨广、李世民

都曾从这里跨海东征

留下唐王山和唐王城

戚继光坐镇登州也在这里屯兵

当风高涛猛白浪腾空

傍着海神庙的宅院水不兴波

通往东邻的千船百舸

太平泊地在元代达到鼎盛

珍珠门的大潮玉飞冰溅

风起浪峰轮番耸扑隍城门

依然是成山角到塘沽港

横亘海峡的必经之路

有灯塔和雾笛送迎

身后滑落风帆橹桨的时代

如今是机轮轰鸣

纵横阡陌的蓝色牧场

养殖架玻璃浮标

为庙岛塘描绘全部的图景

天海石梯直下

伟岸陡峭的悬崖劈山之旁

红楼白舍鳞次栉比

富裕文明的渔村

照耀如波涛千堆雪

院墙内的无花果树

街道边木槿的粉瓣红蕊

草盛林茂翡翠谷

在龙尾坐看黄海日出渤海日落

不是神仙也身临仙境

凌驾江南天堂旗帜

引出动地歌吟

阳光、海水、沙滩

大自然的彩笔

饱蘸日月的光辉

视线升天入云

月牙湾十里珠玉

万鸟岛白羽蔽天

到处是绿色浸染的空调器

历经千年清洗

人生的所有宠辱俱忘

何须幻想长生

1998 年 10 月 24 日

（首发于《诗刊》1999 年 2 月号，后收入《蔡其矫诗歌回廊·醉海》等）

长江之花张家港

本是沙洲傍着沃土
又是穷乡邻近天堂旗帜
既无历史的重负
又无名胜古迹
一身轻松却能自加压力
抓住机遇的每一环节
把农民变市民
把农村变城市
以全部热情投入新浪潮
解开了千年东方之谜

我们都是三中全会的孩子
你是其中最聪明的一个
让数十个国际大公司落户
与国际经济发展接轨
度假村住外籍员工的家属

产品卖国外年创美金二十亿
参与国际大循环
让日本人羡慕
叫台湾人眼红
闭塞的沙滩成了开放的热土

邓小平思想哺育新一代
你是最光辉的标兵
一身兼有三十七项先进
中外企业近千家
港口万吨泊位三十一个
农业也在走向产业化现代化
手握着未来世纪的命脉
最新鲜最充满活力的地方
又是全国首位环境保护的文明城市
身临其境好像到了北欧
盛名如长江万里涛声

理解昨天不一定也理解今天
也许这里还潜伏内心争论
为什么清朝被迫打破闭关
我们又自力更生吃尽苦头
沿海工业迁往三线
坐失良机至少二十年
迭次运动铺天盖地

人民生活又停滞不前
饥饿贫困都从上方到基层
为什么先觉者又在农村

1998 年 12 月 13 日

（首发于《诗刊》1999 年 2 月号）

江南第一华西村

地处吴文化发祥地之一的江阴县
又在华士镇最西边所以叫华西村
大旅行家徐霞客的故乡就在附近
如今又成了江南田园旅游的中心

每年接待中外宾客八十万
别墅式的农家都成小宾馆
公园林园乐团结成了一体
草坪绿树竹林把全村遮遍

永久的一村之长吴仁宝大名鼎鼎
从互助组初级社到现在党委书记
四十余年村官乡官县官从未中断
吃尽了听话的苦头也增长了智慧

他既幽默善调侃又通人情

儒学传统已浸透他的灵魂

在农民公园建二十四孝亭

老年和孝子都得丰厚奖金

集资派留学生外又设有村旅行社

让村民们去全世界旅游开阔眼界

开办精神文明发展公司自任经理

以集体富裕步向理想的大同社会

制高价香烟炼最新型的铝

以工建农以工补农见成效

又一村两制发展个体私营

千年梦想留待后人作结论

1998 年 12 月 14 日

（首发于《诗刊》1999 年 2 月号）

品味农家菜

饮食上升为文化由来已久。
无论东方和西方
都有不可替换的传统光辉！
而传统是什么？
是历史，是心事
是苦难和欢乐
是形象和韵味、色彩和氛围
无论壮丽记忆或只供唏嘘
都刻骨铭心并溶于血液。

想当年：
在土灶、棕衣、木犁环绕中
在陶罐、石臼、风车错落里
中国一段沧桑田园梦
怎不叫人心酸落泪？
让甜酒酿洗去心灵的尘土吧！

让希望在失望坟头上升吧！

风雨灯和草鞋

竹笠和牛绳

照耀并牵引着时代的车轮

而永不停止。

喜庆席上竹鞭齐鸣

燃烧起千年旧情

让热血重新涌上心头

为几十年浓烈人生

举杯祝贺吧！

在都市的小小田园

回味或重温

那无限光荣的苦难！

那永不后悔的青春！

1998 年

（首发于《人民文学》1998 年 11 月号，后收入《蔡其矫诗歌回廊·雾中汉水》）

⊙ **1999 年**

如歌的吉山

沉默半世纪后
吉山唱起它的第三支歌

第一支歌在十八世纪
村里立起九座书院
培养二百名秀才、举人、进士

第二支歌在抗战八年
音专产生世界级的歌者
中学成长学者、专家、院士

第三支歌以建筑开始
春笋楼房，繁花园林
美神在文川溪上飞过

1999 年 1 月 18 日

（首发于《诗刊》2000 年 1 月号，后收入《蔡其矫诗歌
回廊·南曲》）

世纪有赠

一

温馨的风拂过心上

花瓣落入生命的流水

有如一片融金暗光

玉洁冰清的世纪之花

在心灵风暴中摇动

虽无回应的和弦

却也望眼生风

留下长久快乐怀想

二

银河横笛

纵吹千年宿愿

静夜以世纪之星

孤独从雪峰缓缓飞升

云永不如期而至

一滴清泪高挂圣坛

向谁诉说倾慕之心

1999 年

（首发于《诗刊》2000 年 1 月号，后收入《蔡其矫诗歌回廊·风中玫瑰》）

茶 歌

武夷，武夷

嫩叶飞下丹山

沉入含烟热水

清心提神

减肥健美

乌龙，乌龙

东方神奇贡献

溶出芬芳碧绿

降压长寿

造福万世

1999 年

（首发于《福建文学》1999 年 6 月号）

梦中大武夷

机场上走下外来客
火车站涌出南北人
无穷人流无穷车队
小小九曲哪容得下

向西去，向上游去
玉女峰只是大门口
自然保护区是厅堂
黄岗山才是最终点

向三港，向挂墩去
向山光水色桐木关
向万竹森森大竹岚
直登上华东最高山

那里有昆虫的世界

那里有鸟类的天堂
两栖动物的旧王国
自然奥妙的新公园

历史永远有处女地
人类永远开拓自己
读破千年武夷旧事
哪有今天宏图美丽

竹海、松林、茶园
绿色的风绿色的云
无污染的山溪透亮
无尘埃的叶片晶莹

万年山林等待知音
沏杯浓茶给远来人
眼见口尝终身不忘
梦中白梅梦中竹笋

1999 年

（首发于《福建文学》1999 年 6 月号）

又一村茶女

园中的金丝雀

耸立灯盏的玉兰花

在微弱烛光下

粉红的躯体在燃烧

当她轻声细语地说茶道

珠宝的潮汐在她眼中涌动

四围意象之树

闪动裸腿旗袍一族

飘过白银羽衣

黑暗中是露齿笑容

有如花果林中的阴影里

拥簇出这个茶艺馆的皇后

1999 年

（首发于《福建文学》1999 年 6 月号）

民族乐团的演奏

金色回响在榕城雨后的晚上。

一曲将军令的铿鞑之声

展开古代的战阵

为什么又很快转入哀鸿长鸣？

凄凉韵律的流星

在泉水中震动

以生生死死的夜曲

在枯寂中等待一个人。

梦之路上的跋涉

不能忘怀的灰烬飘飞

都在期望新的神话产生。

荷花开在太阳中心

洪湖女神的笛音

把落瓣吹上云顶

涉水鸟的风暴轰然飞升。

一束束东方的眼神

在雪白的水波上

结满霜一样的笑声。

再也没有秋雨

能淋落花一样的笑靥

风的流盼永远清新。

即使是唐朝的春江

唐朝花月夜水声

也圆润成崭新的月亮

泊在东方的天心。

民族复兴之花初开

便芬芳四邻

历史的长河清流

正在悄声倾诉新的爱情。

1999 年

（首发于《人民文学》1999 年 10 月号，后收入《蔡其
矫诗歌回廊·雾中汉水》）

紫坂小学校歌

背靠泉州第二高峰紫帽山

面向福建第四平原大晋南

遍种果树的侨乡

有一段革命历史

由小说风雨桐江流传

亦农亦商的子弟

天天向上，努力学习

要掌握科学文化

超过以往的时代

建设更光辉的新世纪

背景泉州第二高峰紫帽山

面向福建第四平原大晋南

猫公石上的榕树

仙洞桥下的流水

映衬出果农和侨眷的家乡

紫坂、紫坂，耸立一座校园
集合一群少年
勤奋活泼，进取创新
德智体美，全面发展

红领巾鼓励我们天天向上
为了继承昨日的风雨桐江
从小立下凌霄志
搏击知识的海洋

1999 年

⊙ **2000 年**

中国第一大瀑布

白水河静静地流

静静地流

流过草坡，石岸，桥洞，柳荫

忽然转过身

跌下万丈深渊

啊，断裂的河

倾覆的水

高歌的瀑布！

不能永远平静

也不能永远柔软

当前路已经起了变化

你就发出怒吼吧！

狂啸吧！

不可阻挡地飞跃吧！

这里曾经是原始森林，又是典型的亚热带岩溶区，

仙人掌遍山，古榕参天，翠竹、巨藤、棕林、油桐，

独一无二的水帘洞，还有一条通向云南的古道，树立过白水乡的界碑，修公路时去掉，街上有一列黄桷树，"大跃进"砍光，名叫"黄桷树街"也在战乱中消失，酿成课本误称"黄果树瀑布"。

1638年徐霞客经过，发出奇境至美的惊呼：溪水翻石喷雪，有如白鹭群飞，万练倾泻，珠玉反涌，烟雾腾起，威武雄壮，水沫溅高百米外，上飞如亿万明星随风浮沉，自岩顶至深渊落差也近百米，雷声杂战鼓，震动达远空。

今天，从飞舞的水花中

仿佛有布依族少女在展臂

翱翔，忧愁下沉

颂歌开始

啊，双虹

在瀑布扬起的水气中映现

你是在预兆一个更新的时代吗？

白水河瀑布要扬名世界

让盲目砍伐的黄桷古榕再生

到处展开嫩绿的幼林

向人透露开发西部的消息

向人说出新的命运

2000 年 3 月

（首发于《诗刊》2000 年 10 月号，后收入《蔡其矫诗歌回廊·翠鸟》等）

翠海·九寨沟

蓝得深湛的高山流水
上有银的雪山
下有翠绿的树林

　　由于地下水溶蚀带来碳酸钙，塑造一道道乳黄的钙质堤埂，形成一个个串连的湖，又由于含氧较低的缘故，不存鱼类，只有苔草和杂树丛生。

一种沉睡的美，原始的美
恰似童话中仙女故乡

　　蒙古族和藏族，都称湖为海。元代地方志就有记载，称它为羊峒番部的翠海。可见古人早有感受；后来由于战乱和民族隔阂，大自然杰作长期隐没。直到这世纪的60年代中期，森工局的人马开进沟来，挥动银光闪闪的大斧，砍伐遍沟青苍的原始森林，金丝猴、大熊猫吓走了，天鹅白鹤远走高飞。历史进入十年的浩劫，停工闹革命放松了砍伐。70年代喊出抓革命促生产，闲置多年的斧锯又上阵，云杉青松红桦一一轰倒，至今路边水中尚留残桩倒木。大树消失，只剩小树，生态失平衡，水土流失，湖泊出现部分淤塞，水位下降，有些更濒临干涸危机，仙境行将毁灭。

"十年浩劫"刚过，来了两个知识分子：农机厂技术员和县委宣传干事，被仙境的美感动了，立即紧急呼吁：破坏风景就是犯罪！指挥人员不理睬，大树依然一棵棵倒下。他们星夜起草文章，1978年11月初，寄《四川日报》发表，这才指令撤走砍伐队。两支队伍高高兴兴走了，只有冠盖脸色阴沉。年底国务院下达文件，成立自然保护区。

> 童话里必有魔王和王子
> 魔王究竟是谁？
> 救出仙女的王子
> 应该是推动历史的智者
> 和掌握世界的真正主人。
> 变森林为沙漠的凶手
> 我早就认识
> 而救仙女到人寰的奇迹
> 得亲自目睹……

我来时正秋雨刚过，因塌方而断绝交通已一个月。

与香港旅游者共乘一辆县委的中巴冒黑进入，暗夜的
雪峰倒映蓝水，是人间银河我理想之路，海子围堰似
水中卧龙，波光如火花燃起，蓝、白、黄、黑互相辉
映，一车的人不禁欢呼！

早晨，在微雨轻雾中拜访诺日朗（藏语意为雄伟
壮观的男性美），像一张巨大竖琴壁立幽谷，水从一百
米宽度的高处跌落，

有如织机上的银绢一匹匹滚下
有如无数线团同时倾倒
以绿为衬，前立如栅
雨停日出映现道道虹霓。
瀑布来无影，去无踪
仿佛是山的灵魂
以琴弦诉心曲
说出男神和女神在热恋中
受万山之祖的帮助战胜了恶魔
一段美丽的故事

无数梯级短瀑布，衬托近旁的长瀑布，珠连玉串的树正群
海，中世纪的木板桥和磨房，有九座藏民的住宅（这就是现代
名九寨沟的由来），走动背水的藏族姑娘，穿着带红条的围裙，
肩垂许多小发辫。

经幡在近处抚慰寂静

苍鹰在远空盘旋

脚下是云影和波光

眼前是色彩缤纷的水

生长着灌木丛

飘动嫩红细根到水面

有如千奇百怪的珊瑚虫

使水的流响欣喜欲狂

　　堤埂堰塞的湖泊，不断地变换色调，其中有五花海，各种色彩斑驳迷离：绛红、赤褐、鹅黄、黛绿、翠碧。两岸簇拥的皑皑雪峰，一齐倒映水中，有时是透明的青玉，有时是深绿的翡翠，宝蓝，翠玉，猫眼睛，琥珀；红日又在上面闪耀一枚火球，阳光把深处的绿色照亮，不断颤动金丝和银线。破坏的记念，那些倒卧水中，黄色钙质造成珊瑚的枯木，枝柯无损地做永恒的梦；悬在高空的壁立树林，又飞翠流碧映水底，组成一幅幅点彩的油画。

镜海和长海，熊猫和天鹅

宝镜和金钟

琅琅有声的滚滚珍珠

深深墨绿的轮轮金环

不枝不蔓的芦草

飞鸣的黄鸭和翠鸟

山杏朱紫，黄栌深橙

火苗和金星

闪烁在山谷蒸腾的烟雾中

肉体和灵魂

都在幽静中沉醉

使人不致衰老的仙丹

长流的蓝水，你和我一致

相信永恒，生命不竭止

正如风永远不息地吹

游仙梦幻的快乐

回归自然的愉悦感觉

人天合一物我皆忘

遗世而独立

举起宝莲千叶

升腾光华的玉兰

永远沉浸在和谐的韵律中

享受人生

2000 年 3 月

（首发于《人民文学》2000 年 8 月号，后收入《蔡其矫诗歌回廊·翠鸟》等）

林 语 堂

脚踏中西文化两只船

时代风云造成一捆矛盾

祖父被太平天国拉去当挑夫

从此失踪，父亲躲床下得幸免

祖母带两个孩子逃到鼓浪屿

信奉基督教，送父亲入神学院

被派往坂仔当牧师。

他是八个子女的第五个

从小是优秀生，考试总在第二名

青年时代对神学起了怀疑

成为人文主义的信奉者

三十年后却又皈依基督教

追寻半生的信仰之路

反映他曲折的人生

出生地坂仔村

在交通不便的平和县

不高的青山围着肥美山谷

一条宽阔的溪水绕村前

盛产香蕉和蜜柚。

山野进入他的血液中

成了他人品的基调

滋润他的个性

占有他的梦境

思念家乡终其一生

对语言有天生禀赋

考上英语最好的圣约翰大学

以语言学博士历经美、法、德

为谋求更高学位而奔波

过清苦简朴的半工半读生活

曾经申请为欧战十万华工服务

妻子在战场拾旧靴给他穿

也曾一罐麦片作一周的食粮

可后来编英语课本发了财

被称为版税大王

住入花园洋房雇用五个家仆

宅中单是白杨就有四十棵

在追寻新世纪曙光的年代

他曾是凌厉飞扬的斗士

而到神州为革命退潮而战栗时

却成十字路口的徘徊者

提倡闲适幽默和明代性灵散文

从亲近鲁迅到与鲁迅分手

走卖文为生的道路

一整个夏天在避暑地牯岭

写英文小说《吾国吾民》

受赛珍珠的召唤到美国

继续介绍中国人的性情和哲学

将东方文化向西方敞开

著作一再居畅销书的榜首

形成追星族的偶像

被举为诺贝尔文学奖候选人

声名显赫在外

故土却沉寂无声

在探索国民性的潮流中

出于天性他接近老庄

认为世界过于严肃

需要一种智慧欢乐的哲学

崇尚道家的生活理想

主张生命的目的在于真正享受人生

对苏东坡莫大兴趣

用三年的时间为他写传

称他为快乐的天才

把自己也融入其间

在历代女性中最佩服李香君

而笔下歌颂的女性典型

却类似红楼梦中的史湘云

抗日时期政治上错误选择

使他孤立在人民之外

怀着乡愁的冲动

到处寻找家园

在时日的每一波浪上

索取失去的瞬间

始于智慧，终于自由

无奈阻隔这么多

道路这么曲折

追求中西文化互补的常青树

却穿越不过世纪的风云

晚年思乡心切

却有乡归不得！

2000 年 3 月

（首发于《福建文学》2000 年 5 月号，后收入《蔡其矫诗歌回廊·南曲》）

三　星　堆

冬天的旷野，大西部的平畴，凌空的三脚架下，旋体的建筑，展开一个辉煌的远古，那夯土的城墙剩下的三堆，埋藏着天府的历史。

西南曙色的有力证明
遗忘在砂土中的大小器物
最初的文明
经过漫长的黑夜
如一轮东升的明月
出现在幽冥之中
记录大地的爱

传说的五丁，哀伤的望帝，突然消失的渔猎和养蚕的部落，悲惨的命运，熄灭了的灯，大地的泪滴，淹没在波涛下。

却有如冰川的擦痕

停留在不动的脉络里

凝结在千年的根须中

黄河长江之外的另一脉文明

被淹灭的古蜀国

中华文化的另一枝

又如钻石回到岩砾中间

却四千年的芬芳不散

在那三堆里面，是覆盖五色土的祭坑，在杂乱的象牙下，埋藏无数祭器，由胜利者的迷信匆匆焚毁。是什么暴力使文明毁灭？那以杀伐换代的背叛者又是谁？由于盲目的时代太久太久，已经无从辨认！

三千年日月轮番照射，所有的容器依然寂静：金权杖上铭刻川西缩影，玉石的表璋，祭坛的神物，被砍断的登天青铜神树，所有神秘铜器，都是黎明尚未降临的曙光。

那性爱纵欲的盆地

让沱江的金砂走向宫廷

为面具涂饰萤光

那以鸟为图腾的初民

以湔江的鱼鹰

作传书的飞鸿

勾喙鸟浑圆的眼珠

抬起梦幻般的纵目

盯视如发现未来的光明。

爱情走到深渊

那戴青铜面具的武士

涂上胶漆和黄金的面罩

穿长袍的高大祭司

蚕丝织成的祭服

以及令人赞叹的炼金术

使人想到埃及，想到美洲

　　万源都有类似，人类也是多元，青铜的语言无比坚硬，讲述另一时代另一地域，蛮荒的富饶，以无痕迹的脚步，冲开艰难蜀道，建立一个脆弱的王国，由一个女性掌握，从德阳山中的野蚕，织出漂亮的丝绸。

围绕林莽的河道和沙滩

尚在蒙昧时代的流程

由于千年的遗忘和信息消失

渔猎的先人在寂静中沉没

熄灭如古文明一盏灯。

无数年日夜奔驰

如今复活的深渊

抚我心以战栗的手

我听到弦上余音

再也无法平静……

2000 年 3 月

（收入《蔡其矫诗歌回廊·伊水的美神》）

悼念陈允敦先生

闽南文化典范学人

泉州学开拓者

高洁灵魂永恒自由

性情如水清澈

一生高举纯真之酒

迷人至星空似醉

钟爱乡土深心波动

水升入星空

知识深井无穷无尽

流出平静和弦

2000 年 10 月 2 日

天　子　山

在那深邃丛密之处

战争留下的痕迹

历史的见证物

格斗的回声

以严峻的柱石

在无瑕的碧空中轰鸣

仍然是痛苦边缘的啜泣。

来自远古的源头

石头凄厉的进行曲

记录辛酸的回忆——

为命运倒悬

千百竿战旗揭地而起

土家族起义首领

人称向天子

已获得应有的赞扬

山以他命名

在他毕生的咆哮里

当鼓角齐鸣

交缠的战旗纷纷散落

只剩下零星的短兵相接

他鞭奔马跃入深渊……

杀戮流血的年代

留下诗的岩石

挥舞的旗帜

如今黯淡了

自由的歌声

却依旧从那里升起

在心的映象上面

时间的雕刻手

创造一个个光明躯体

纪念碑式的石柱排列成队

在深沉的梦寐中游弋

有如命运的造型

眼含千年泪水

当云驰过

给群柱无数长吻。

感官在这瞬间开花

展开想象的羽翼

峰岩被早晨的冷雾淋湿

愿望赤裸

雾气漫溢天空
阴寒落在寂静上
荒凉照耀
眼睛充满冷漠的风。
黄昏中岩石吹响号角
回忆起青葱时刻
金色的云带彩饰条纹
坠入忧郁的梦乡
暮云在朦胧流动中
垂下夕阳的钓丝。
那些纷飞的归林羽毛
晕头转向的群雀
所有树梢指向暗天
所有草尖指向睡眠
夜云的尾浪
草木的余波
全都隐入下陷的山谷
荒无人迹的山路
只有风在流闯

我们经受长期毁坏后
来到苏醒的时代
历史的谬误已无从纠正
我们认识陶醉
我们感受过喷发

饱经无数折磨的心灵

梦中一身冰冷露水

光辉仍在梦脉中流动

花粉依然满天飞舞

爱的清新喷口

失落的暗夜重新破晓

思路的帷幕

一再谈论黎明的开始

生命之船苏醒

眼中的世界再现光明

挺起岩石胸膛

发出水的轰鸣

风的怒吼

渴望的呐喊

生命又临到热血汹涌

须眉向未来飘展

2000 年

（首发于《绿风》2000 年第 5 期，后收入《蔡其矫诗歌回廊·伊水的美神》）

保　山

富饶美丽的大西部南端

众多兄弟民族的家园

曾经是历史的重镇

大西南一枝杜鹃

青春气息正蒸腾而上

红土高原的皓月

横断山脉的绿风

更添活泼生气以深情万千

不受时序推移而终年爽朗

宛如梦中笑痕沾上露水

山茶怒放

白鹭群飞

多级的山原

宽敞的河谷盆地

嫣红晓色中的漫坡野花

田园沐浴在阳光的怀抱里

怒江和澜沧江之间
云影在青草坡上抚弄
看不见的小鸟，用黑管
试吹一段明天的旋律
在西部开发的歌中
道路的琴弦已为你拨响

金樽玉盏盛着沸腾之酒
为未来高速发展举杯
今天各族人民满心欢畅
因为已闻到你的芬芳
把心种植在伟大事业中
光明于静寂中飘动

2000 年

（首发于《诗刊》2000 年第 7—8 期合刊，后收入《蔡
其矫诗歌回廊·伊水的美神》）

黔滇古道·夜郎

穿蕉园，过竹林，上危崖，下深谷
多瀑布的白水河
弯弯的打邦河
关岭的险峻高山
是诸葛南征的道路
夜郎古国的地盘

夜郎，苗语为天国首府，或第一城邦之意，是多民族联盟的政治军事行政中心，因为夜郎统治者问汉使：你们汉王朝和我们夜郎，哪一个的地盘大？才产生"夜郎自大"的成语。自春秋战国至汉成帝，夜郎存在约三百年。

现在南、北盘江交汇处蔗香，即汉初夜郎的政治中心。

无穷的云山点缀零落的杉树

有一种远戍边荒的悲苦

这就是李白未到的流放地

他若不是白帝城遇大赦

也会了却残生在这里

如今到处是布依族的石板屋寨子

却也时见棕竹时见芭蕉

以渴望文明的眼色

等待明天

2000 年

（收入《蔡其矫诗歌回廊·伊水的美神》）

天　津

南开信息港

在天的码头

入海的河流

联结空间和时间

世界进入斗室屏幕

星辰的深井

开出智慧的鲜花

芳香传送几万里

距离在瞬间消失

一滴水珠悬起海面

想象的蓝鸟登枝

超过无数旧闻

向最遥远凝视

光中马匹踏水而来
驮来渴望和音讯
感受最新风景
深情注视全世界

政务在网络公开
教学于远程进行
荒漠中的绿洲
枯寂时的友情

新月飘过山头
倒映新海水面
眼帘巡视一切场景
空间灌注更多爱意

透明的光体
奏出未来的和弦
明艳银河的涛声
渗入时代的梦幻

透过岁月的玻璃
把握太阳的轮盘
寻来不灭的天火
照耀未来的天空

塘沽滨海新区

亚欧大陆桥的起点
西北地区的出海口
以金钥匙和商神手杖
走出雨季情结

无尘清静的渤海之滨
直刺云天的擎天柱
一座座的圣殿
一颗颗的明珠

改革开放的前沿
未来工业的新城市
出入都是时代精英
官僚寿终正寝

领导就是服务
服务也是生产力
新话语，新文化
如海上飘来拂面的风

曾经阶级斗争为纲
摧残科学摧毁人才

如今教条成为敝屣

硬道理深入人心

打破垄断鼓励竞争

另一种制度在实施

人文主义价值观

已经一飞冲天

各色旗帜在风中飘响

形成世界文化的集散地

雄姿初发

为了知识经济新时代

生活从原来的潮流

冲上又一个滩头

进取的激情

向着自由港

2000 年

（收入《蔡其娇诗歌回廊·伊水的美神》）

运 河 行

新银汉

地上的银河
是东部平原一道亮丽风景
无边稻浪托起宝塔
千枝荻花摇动着帆影

农舍、桑田和丝厂相连
缫丝女坐船上下班
江南运河是流动的街道
机声和浪声日夜喧嚷

意大利杨树和本土水杉
为江北运河筑起栅栏
成串货船载着沙土建材
上有夕阳斜照，水鸟悠闲

隋代疏凿南北大运河
以洛阳为中心扇形开展
向北拓建疆土到涿郡
向南产生苏、杭两天堂

元代中心不在中原
科学家郭守敬把河拉直
南起观潮的钱塘江
北止大都的积水潭

它比苏伊士长十倍
巴拿马只及它二十分之一
南北贯通五条大水系
可与横亘东西的长城比美

海运和铁道先后兴起
运河在山东境内淤塞
南水北调号角吹响
大地再现新银汉

枫 桥

一座单孔拱桥
跨在运河瓶颈上

曾经是个关卡

皇粮北运要封桥让路

客船常在此地停留

岸上也形成一个小镇

百步之外就是寒山寺

千百年前来过一个襄阳客

多情善感的他

浅眠中被钟声敲醒

也许他还上岸叩寺门

写下千古传诵的诗

诗中虽有许多疑问

却永远是七绝第一篇

收在三百首和千家诗

也入日本小学课本

姑苏因此诗传盛名

现时成了国际听钟会

寒山寺突然太拥挤

周围开辟新公园和博物馆

张继也被塑了铜像

半卧中闭目凝神

手指还在叩膝数钟声
诗是运河之花的催生者

为了收取高额钱券
枫桥再次被封锁
参观券成了灵魂的船票
有它就再去漂泊枫影秋江

隋炀帝

江北运河的明星
二十四桥的歌吹地
有春风十里的繁华路
也有荒草萋萋的皇帝陵

想当年，锦帆千里下扬州
五层的龙舟系十条彩绳
百名少女和百只嫩羊共牵引
穷奢纵欲直至践踏人性

披甲执戈保他去看琼花
两岸垂杨下二十万骑兵
结果是叛将的七尺绫
送他悬梁终止那无人道的心

死后五年才落葬荒野

仍为天道人情所不容

雷击三次坟倒土崩

借佛共居才安宁

可是唐宋的强盛和偏安

都来自他下令开筑的河

如果不是李渊夺去皇位

他会与大禹共享美名

杜牧不朽的恋歌

也来自杨广的骂名

运河不是阿房宫

项羽的火烧不到

古代造船的大国

也在运河上产生

功首罪魁集在一身

南水北调将为他正名

霸　王

黄河改路向东北

宿迁留在废河道

西边有运河长流水

东边有盖世人物的故里

废河道建设为公园群
转盘上塑造举鼎的壮士
我们怀着至诚的心
来拜谒这人性的典型

为什么九里山决战会失算
为什么退到乌江要自刎
一个王者的仁义之心
哪能削减卖席仔的残忍

交你首级的得了重赏
分割你四肢的也都封了侯
战马和爱姬的绝唱
是震撼千古的灵魂哀歌

临泽沿沼庄严圣殿
中有古木和四壁图像
面对无言的寂静
心怀崇敬感情

后殿立虞姬塑像
同伴不许我与她合影
是出于对霸王的尊敬

也怕他因嫉妒夜半还魂

为爱情抛弃高贵生命
是她在战争中长期相处
认出一个伟大的人格
萌生感天动地的爱心

微山湖

娇小玲珑的女司机
带我们看完古战场
之后直奔目的地
一路风驰电闪

快艇飞起水翼
浪花直扑她的脸
两舷枯叶覆盖菱角
残荷连接苇塘

净云随斜阳飘荡
秋风吹送草香
中流是运河航道
通向山东境

灯火入夜燕子楼

江左来的养花人
明亮如山谷中的泉水
垂下许多细条发辫

明眸春池照人微寒
内心却是一脉温暖
高傲性格的神情
相处不是我的本愿

无可奈何那眼风
那足光
异地幽独之花
不忍心去接触

无言只在相知相敬
长记饱满的藕色月亮
"只要真心呵护
愿随你浪迹他乡"

2000 年

（收入《蔡其矫诗歌回廊·翠鸟》）

上海宝贝

一种捕鱼工具叫沪

这里原来是渔村

经历倭寇、鸦片战争、太平军

有了上海县和各国租界并存

西方的强权和东方的气馁

形成变态文化和精神缺损

三十年代有妓女十万，西崽无数

是华美、放荡和道德败坏的标本

过激的劳工运动

和短促的政治经济中心

后来的教条和苏联模式

严重忽视知识和文化沉沦

一旦到了无拘无束的开放

极大夸张情欲和肉体魅力
女性精英向往异邦男性
几乎是后殖民的一道风景

彻底否定传统的恶果
变态和自卑的后遗症
只能满足外来者的欲念
一块被人轻视的肥田

冒险家玩乐的场所
绚丽动人的阴暗面
文化的缺损未能根除
民族复兴岂不成了空谈

为了迎接新世纪
为了回应全球化的挑战
东方最有希望的策源地
在盼望道德和文化的重建

2000 年

（收入《蔡其矫诗歌回廊·翠鸟》）

风　　筝

轻轻地飘上去，飘上去
上风云路，去尘寰
摇曳在光明里，作远游
垂拂去天，拭揩云汉

只需一根线便越高空
与和谐的天籁共声吟唱
沉醉于生命的永恒之歌
扶起万象舞入天边

软风中轻灵，劲风中勇猛
面对怒风则发出微笑
无论是清晨是黄昏
永远是满天热情满天星

任无聊文人轻蔑和嘲弄

从来就与大地一线牵
情感从这里起步
思想也在这里形成

虽曾奉献过昔时战争
于今更醉心于传送友情
运筹于方寸之间
与万邦众生和鸣

眷恋故土，流韵四方
串连起东西的万水千山
在青草地，在白浪岸
变化于斑斓的似水流年

不负秋色，不负春光
让雅淡和浓艳的舞蹈仙子
驾驭汪洋恣意的风
解放身心而回归自然

2000 年

（收入《蔡其矫诗歌回廊·翠鸟》）

⊙ 2001 年

郑 和 航 海

云南回族世家的孩子

俗名马和，教名三保

十二岁被掳阉赴北京

由元入明老太监教他识字

逐渐成了燕王府亲信

为朱棣夺帝位带兵有功赐姓郑

三年的内战锻炼了他

既精通韬略，又熟悉佛教

三十二岁出使日本

三十四岁率领庞大舰队

船三百艘，人员两万七千

下南洋，越印度洋到非洲东岸

二十四年中出航七次

经过三十七个国家

是世界航海史划时代壮举。
哥伦布出发三条船九十人
发现美洲比他晚七十年
达·伽马绕好望角也晚九十年

那时中国是造船大国
运载瓷器丝绸和指挥的宝船
有九道桅，十二张帆
长四十四丈，宽八丈
吃水深八米，排水量一万四千吨
可载重七千吨，乘一千人

指挥有主帅，副帅，先锋，都督
参将，游击，把总，千户，百户
船工有伙长，锭手，锚手，民梢
还有神职人员，通事和买办
医师，木匠，粮草户，观星员
运载战马的船八桅，粮船七桅

战船五桅，长十八丈，宽六、八丈
有大发熕十门，大佛朗机四十座
碗口铳五十支，鸟嘴铳一百把
弩箭五千支，火药五千斤，以及
火箭，标枪，藤牌，铁蒺藜，
一四〇五年从苏州刘家河出发

最前方开路是战船人字排开
之后是马船，运载骑兵
再后是运粮船和运水船
而后是十几只大型战船
护卫着六十二艘宝船
最后是几十只战船殿后

船队浩浩荡荡几十里
在长江口用包肉的馒头
代替人头祭海，在福建
长乐五虎门待风
（冬季东北风送船赴南洋
夏季印度洋西南风送回中国）。

他的副帅王景弘是闽南人
在泉州寄泊朝拜清真寺
到九日山祭祀，收集民间海图
选聘船员和民梢
改指南针为罗盘
又分船到台湾赤崁山取水。

经过西沙群岛反复勘查
把西部命名为永乐群岛（当时年号）
经过南沙把部分岛礁

定名为郑和群礁
尚有马欢岛（阿拉伯语译员
曾著有《瀛海胜览》流传）

费信岛（秘书记录沿途所见
留有著作《星槎胜览》）
还有景弘岛（他的副帅）
那时南海诸岛统称为
千里长沙，万里石塘
是中国到南洋的中世纪航线。

他足迹在南洋留有纪念地
爪哇有三宝垅，三宝墩，三保井
三宝公庙，泰国有三宝寺
三宝塔，三宝港，马来西亚有
三宝城，三宝洞
锡兰有他立的石碑。

一至三次都以印度南端为止点
一四二二年第四次才横过印度洋
到达红海口和东非诸国
并亲自到麦加
邀各国派使臣到中国进贡
贡品有长颈鹿（被误为麒麟）

还有狮子，斑马，各种宝石
中国赏赐瓷器几十万件
丝绸几十万匹。
友好访问外也进行贸易
与后来欧洲以征服为目的的探险
形成了绝对鲜明的对比。

第七次航行他已六十二岁
沉醉于海上壮丽景色
沉醉于海外淳朴的民风。
在六十三岁去世后
中国再无大规模航海
五百年来也少有人提起他！

饱受倭寇与本土海盗勾结之苦
他去世后的明代厉行海禁
罢市舶司，拆毁大海船
断绝民间对外贸易
三申五令不许寸板下海
强令三桅以下海船改为平底河船
蜗居于古代孤立状态
再无外贸和外交……

2001 年 3 月 15 日

（首发于《香港文学》2001 年 6 月号，后收入《蔡其矫
诗歌回廊·醉海》等）

海 上 丝 路

一

养蚕缫丝，中国古代人民的
伟大发明。传说黄帝后妃
嫘祖是始创者，四川德阳人；
近时三星堆的考古证明
古代蜀国是黄河长江之外
第三个中国文明发祥地

最初是驯化野蚕，至今在东北
犹把蚕养在柞树上，织了的柞绸
仍是夏季衣料的极品。
公元前三世纪，中国即已经
以盛产丝绸闻名于世
被称为丝国

丝路最初向东至朝鲜、日本
到西汉张骞出使西域
向西的陆上丝路才形成
经过沙漠中数条绿洲地带
把精美绝伦的丝绸输到欧洲
那里称中国丝绸为金布

这些丝路又称绿洲路
联系亚、欧、非三大陆的
中国、埃及、巴比伦、印度
四大世界文明的摇篮
而抵达欧洲文明发祥地
希腊和罗马

这是古代以至中世纪
世界的和平友谊的通道
来往这路上的是商人、旅行家
官员、工匠和宗教家，载入史册
有张骞、班超、法显、玄奘
马可·波罗、安息王子罗马使者

"这是一条漫长、艰苦
充满危险的旅程，印度人和
中国人在途中，死者
十之九"（尼赫鲁《印度的发现》，

所以唐僧取经在《西游记》中
被描写得出神入化

这条陆上丝路
把许多农作物传到中国
最早为葡萄、苜蓿、核桃
然后是大蒜、香菜、黄瓜
芝麻、花生、豌豆、蚕豆
石榴、棉花、菠菜和西瓜

而花中之皇玫瑰、郁金香
却从中国走向世界
意大利的空心粉
为马可·波罗带往
东方和西方互相交流
乃是人类文明的必然趋向。

二

丝绸外传海路先于陆路
公元一世纪，中国的海船
已带丝绸到东南亚、印度
公元一九九年中国蚕种传日本
南北朝时，中国派四名丝织工
和裁缝女到日本授艺

在玄奘之前，东晋僧人法显

住印度二十年回国取海路

七世纪玄奘圆寂之后

由于东晋南北朝时的回教东进

已使西域崇向佛教诸国消亡

继玄奘取经的义净也改走海道

义净从广州搭波斯船出发

历时两年才到达印度

无穷海天的空茫撑起信仰

孤寂中梦见飞天的翅膀。

公元七一四年，唐朝开始设立

市舶司，经过宋、元、明相沿千年

阿拉伯、波斯占主动的

海上贸易逐渐为中国商船代替

十五世纪初郑和巡海达到顶点

他把亚、非连成一片，九十二年后

达·伽马发现好望角到东非

也由阿拉伯水手领航走郑和路线

可见郑和与后来的地理大发现

有不可分割的自然联系

明朝因郑和巡海和修筑长城

两项耗资国库渐空而厉行海禁
但东南生产的大发展
势必以走私队伍来冲破它

当时盛泽镇青草滩丝织业万户
丝织工人五万，岁出百万匹
明代海寇实质为反抗专制
加以国际海盗配合更为凶猛
安徽人王直被倭寇公认为首领
称他为徽王

他的根据地浙江双屿
真倭只占十分之一二
与西方海盗只对国外大不相同
这是一段悲伤的历史
唯有潮汕人林凤，攻马尼剌不下
改赴婆罗洲，至今留有林凤港

郑成功也出身于海盗家族
信仰天主教，取名安东尼奥·郑
他收纳海上武装后来才到台湾
亦盗亦商为当时共同点
尤以闽南为首要力量
官方贸易遂为民间贸易所取代

海上丝路向世界奉献中国的

伟大发明：风水先生的指南针

从水罗盘到旱罗盘十六世纪

由葡萄牙传到日本再回中国

炼丹家的硝（火药）传到中东

阿拉伯称为中国雪，波斯称中国盐

木刻活字版到欧洲改铅字印刷

文学的桂冠由诗歌转到散文头上

而农作物新种也由海路来中国

黏米、胡萝卜、南瓜、番茄

红薯、马铃薯、玉米、烟草

向日葵、花菜、甘蓝、洋葱

海上丝路也促使陶瓷大发展

丝国逐渐变为瓷国

波斯和孟加拉生丝超过中国后

丝和瓷又由茶代替

对中国贸易的高额利润

为西方资本主义发展提供基础

十六世纪后，英、荷两个

东印度公司成海上霸王

中国海商一落千丈

十八世纪大宗鸦片贸易

海上丝路遂告消亡

无穷的蔚蓝成了动摇的墙

西方海盗举起毛瑟枪

消逝了东方的和风丽日

往日的光辉骤成一帘幽梦

唯有东南亚和印度的丝织筒裙

和缅甸的绸帽，记录了

不再的过往

三

中国西部多沙漠戈壁

北部酷寒，西南山叠岭重

可自东北至西南海岸线

有一万八千公里长

中国不但是大陆国家

也是海洋国家，造船开始最早

商代甲骨文就有舟字帆字

西周出现多人撑驾大船

春秋有了战船，战国楼船已形成

东吴泛舟举帆所向无敌

曹操八十万兵马因之大败

晋王濬灭吴在建业俘船达五千艘

在西方殖民者侵入前
中国航海居世界的首位
唐、宋、元、明都有重大海事
也造就无数海上雄才
让眼睛重新涌动着泉水
凝视黑夜尽头的朝阳

一九九一年，联合国教科文组织
发起海上丝路的考察
从威尼斯始航到日本大阪结束
（在中国只停留泉州）
是亚洲太平洋崛起，而将
引发新世纪的新格局

其意义不仅仅是文化上的
它与全球战略谋划
有着极其密切的关系
早在一九〇七年，美国第二十六任总统
西奥多·罗斯福就预言
"地中海时代随着美洲发现而结束"

大西洋时代正处开发顶峰
势必耗尽它控制的资源
而太平洋时代

这个注定成为三者之中

最伟大的时代

仅仅初露曙光

春风扑人颜面而来

历史又将峰回路转

中国不再是在破庙前

形销骨立手捧缺口的碗

让历史的陆上海上两条路

与郑和的壮举重新认识

两条丝路的胜地，北有敦煌

南有泉州，我心中的骄傲

海洋之歌已响彻千年

敦煌有敦煌学

泉州有泉州学，扬帆

迎风嘶鸣，航向——远洋

2001 年 12 月 1 日

（首发于《香港文学》2002 年 1 月号，后收入《蔡其矫
诗歌回廊·醉海》等）

云霄将军山

唐高宗时
闽南畲族叛乱
出身名门的陈政
自中原率三千六百名
六十四姓的将士和家属
南下征炎方

为思念家乡的漳河水
此地命名为漳浦
以水栅和刀枪剑戟
扬起滚滚的烟尘
又剪荆棘，开村落
屯垦云霄镇

病逝火田居所
葬在将军山

其子陈元光继父业

光前裕后

建设漳潮地区

立千秋功德

2001 年

（收入《蔡其矫诗歌回廊·翠鸟》）

常山华侨城

地处云霄、东山

和诏安三县的交界

曾容纳八千名的难侨

来自马来西亚、印尼等

十三个国家和地区

创办华侨农场近半世纪

在十五平方公里内

一片亚热带风光

形成归侨的人文景观

建中型水库十个

水电站两座

居民都有较高素质

即将动工的高速公路

拟建的铁路

都要通过这个地区
立起华侨城
环绕以亚热带花园
成闽南金三角一颗明珠

2001 年

（收入《蔡其矫诗歌回廊·翠鸟》）

漂　流

连天群峰覆盖青翠
荡开无穷的水路浪迹
橡皮艇中有酒杯的欢欣
每一汹涌都是优美的短句

呼吸激流之上水雾
有如溪中穿梭的鱼鸟
不倦地痴望着美的深处
抚触以手温并不心跳

天光云影中惊鸿一瞥
在世俗之外和梦境之中
感到轻细微弱的气息
才记起什么是真正的年轻

初秋的阳光照亮眉睫

展露诗的灵境

看不尽的倩影迷情

一直波动到深井

能工巧匠的玲珑剔透

不会有这样的神韵

魏晋碑帖的风采

也没有这样可爱

艇中水漫纤足

有遐思低诉

心事的箭离弦

浮起不寐的梦幻

峡谷的风吹舞浪花

笑容像光一样迅速

在回想中却只留下思念

那是不沉不灭的永远

2001 年

（收入《蔡其矫诗歌回廊·翠鸟》）

青云山瀑布群

冲天直上的狮峰

有个书生曾在片石上读书

后来中了状元，山因此改名青云

可以抚天，饱览

群峰，放歌树海

千米高峰九座，方圆

五十平方公里有九条溪流

清可见底，更有无数瀑布美景：

青龙、白马、新月、凤尾

水帘、赤壁、神谷、仙迹

火山口天池，高山草原

映日彩虹升起

炫目的牡丹飘飞

水上木排盛开紫丁香

千年一遇的蔷薇

飞逝阵雨之后寂静

在梦的山径跋涉
即使千层石级也不辛苦
绿光红焰的宝石
闪烁在眼前
难以忘怀的忧愁飘散
期待新的爱情萌生

走在峡谷的小路上
那小路，承载纤足为
溪水洗过，飘扬秀发为
飞瀑漂湿，有蜻蜓追逐
有蝴蝶环舞，头上凉萌
周身树影，幽独之花
倾听流水的交响乐
枯寂中在思念谁
正午时刻突来的雷鸣
回应心中狂热和弦
人生的车辙将引向何处

出岫的云
让人长久怀想的流水声
青苍中鲜明花瓣
轻轻落入生命的流程
那无数的瀑布
悬挂在高崖深壑

魂梦常绕佳境

远响侵入心头，解放

被束缚的青春呼吸

以多方面意义的自由

使人性复苏，让快乐长驻

2001 年

（收入《蔡其矫诗歌回廊·翠鸟》）

重见鼓浪屿

鹭　海

穿过一片浓荫

登上台阶

在一排希腊圆柱中间

观赏白鹭之海

我渴望低头啜饮

又怕那无序的心

会掉进雪胸的深渊

再也不能清醒

只能嘱托青鸟

高飞去传送沉默音讯

以乐声和舞步

握着纤手，搂着裸腰

可那西向的眼睛
嘲笑我看不见圆心
一切都不过是倒影
得到的仅仅是余温

今日鼓浪屿

中西合璧的鼓浪屿
万国建筑的博物馆
厚重的历史
浸透忧伤
直到改革开放新时期
才恢复生机

绿树掩映的各式小楼
养育一代代优秀人物
走遍全世界
一生患乡愁
如果再踏最初诞生故地
一切都如隔世

故乡呀故乡
看不厌的海水
听不厌的潮音
流动着永生永世的思念

花园呀花园

红焰的凤凰花

娇柔三角梅

酿造使人变年轻的空气

满地斑驳的树影

墙上伸出的万紫千红

晚来吹着清新的风

窗口飘出琴声

请你们告诉我

歌唱家能再生吗

那青草上月光音乐会

能如期举行吗？

港仔后

弧形沙滩人来人往

好像半个月亮没入水中

鸢飞鱼跃的少女

换上外来游客

找失踪的贝

远海巨轮

是唯一美景

回看岸上的洋灰柱

把小树林压倒

和上升的沙

让人憋闷

花树下

火红的丛花满枝头

绿荫深处隐小楼，是谁

从斜坡树影中下来

带花香匆匆经过

是谁，养在深街小巷

体态纤细修长，却原来

是鼓浪屿的少女

音乐世家的名媛

纵使今年一夏少雨

人依然湿润如玉

柔心弱骨的凤凰花

也一样地谦和与宁静

钢琴博物馆

小岛的灵魂

一宗宗历史文物

一幅幅音乐家肖像

那记忆的琴声

是山和水的呼应

千年的海风

往昔的明月之夜

包裹着一层层的忧伤

为什么音乐家远走他乡

歌唱家跳楼

潮声依旧

幽巷苔壁难寻

文化只能在宁静中生存

让博物馆的语言

把花园唤醒

极　端

花园呀花园

在极"左"时代曾经荒芜

有如废墟

如今观海园的所在

外国领事馆

成了老鼠穿梭

和芭茅丛生的荒地

升旗山和英雄山

是铁丝网，是警告牌

连民居也仿佛无人

不要让过去复活

也不要让更早的过去

先人辛辛苦苦的建造

可以在盲目中废掉

或篡改得面目全非

在一落一起中泯灭

看看商店里的价目签

看看众多导游

耳听满街的嘈杂

红色救火车无事横冲直闯

人拉板车一路撒土

这哪里是花园

市场都说不上

半世纪的沧桑

鼓浪屿需要怜悯

不希望从这一极端

走到另一极端

让空气不再日趋混浊

呼吸重新清爽如早先

2001 年

（收入《蔡其矫诗歌回廊·翠鸟》）

东方古堡

有别于欧洲贵族的城垒
这是团结的人民的居所
朴素，大方，坚固
与青山绿水配合
是山区之花，田野的宫殿
家族的城寨
就地取材以生土夯墙
粗犷而且雄伟
可以避暑，御寒，防震拒匪
是中原来的客家人建筑文化
内中有井、花园、佛堂
学舍和议事厅
壁画和楹联
形成小小的独立的家国

明末清初，闽西广种烟草

大江南北以至东南亚

到处都有条丝烟店

经济实力雄厚

是建筑大型土楼的基础

聚居而居，上下一心

由弱到强，反客为主

到清代中叶遍地开花

学堂培养出翰林、进士

也产生建筑土楼的能工巧匠

闪耀着客家人的才智和魄力

是普通百姓的伟大创造

被看作世界民居的奇花

也为环境保护树一典型

2001 年

（收入《蔡其矫诗歌回廊·南曲》）

东观西台重光

从残垣颓壁之中

落花重返枝头

灰烬静静地飘散

重叠的莲瓣

振展的凤翅

连绵红墙绿瓦的华屋

雕梁画栋的殿堂

载着旧梦之船

上溯新浪潮

东观伴读，西台执法

星霜六百载硕果仅存

唇边笑涡光芒四射

历史宝石又在月亮中入梦

自古相传的音调

飞落心中的火花

再现的青春

经过拭拂的盛世嘉举

都成了旅游文化一道风景

旧街已变通衢闹市

屐痕履迹仍依稀可寻

为有合族一心

海内外群起呼应

新时代团结的伟力

使万难易克

心中燃烧的蔷薇

悄声倾听世代亲情

萌生的喜悦满腔泪水

2001 年

（收入《蔡其矫诗歌回廊·南曲》）

⊙ **2002 年**

棉花滩龙形的湖

世界一流的大坝

创造六十平方公里的水面

在永定和上杭崇山狭谷中

参差浮现六十八个岛屿

将展出竹林、果园、度假村

观光农业和观光林业

珍稀和野生动物园

把过去贫穷偏僻的闽西

打扮得美轮美奂

游艇上饱览湖光山色

微风拂过，波上激滟

列岛染苍滴翠

群峰在港湾汊道间罗列

计划中的八大游览区

丘陵、绿野、亭榭、林苑

月季园、兰圃

在峥嵘峭壁之下

画舫分外耀眼

汀江曾经是闽粤通途

自长汀至上杭，水流平缓

江面较宽，而上杭以下

水势湍急，险滩一个接着一个

到双峰山下的峰市，猛石巨礁

急流如团团棉花翻滚跳跃

长达十里船运断航

货物起岸，由挑夫肩运至广东

大埔石市，再装船顺流到潮汕

自南宋县官宋慈建议

改福盐为潮盐，峰市成水运枢纽

明末清初闽粤物资交流日盛

二十世纪的十年内战

和八年抗战达到最高峰时

江上木船八百，纤夫号子不断

码头七个，搬运工四百

肩运十里挑夫三千

峰市成重镇，有六省会馆

银行五家，商贾三百

弹丸之地常住人口两万

流动人口四万，狭长的市街

被誉为小香港

自然会因时代不同

而起变化，棉花滩另有

一个地理优势，它

流速急，落差大

从孙中山建国大纲起始

人民在追求一个梦想

今天，梦想终于变成现实

六十万千瓦的大型水电站

与梅坎铁路和公路建设配套

从高空往下看

一条水的巨龙在舞动

在引吭高歌

盖过昔日的小香港

承传汀江水缘，依托龙形湖

展开闽西繁花似锦的明天

2002 年 5 月

牛　姆　林

晋江上游西溪发源地
状如母牛怀崽的山
经过半世纪的休整养息
如今是一片绿海流光

玫瑰色的霞然
在路边的黄花间浮动
扑面的浓荫和潮湿
洗去沿途奔波的风尘

夜晚的凉风吹拂
泉州来的青年男女
在霓虹灯管的照耀下
秀发与朱唇共旋舞

仿佛梦中偎依的面颊

人人把美拥抱在怀

洋溢青春的夜空

爱情在头顶上高歌

野兽眼睛一样的路灯

起起落落在沿山小路闪亮

任何地方都没有的神秘

在乐声中啜饮良宵

早晨的宇宙初生般宁静

远山笼罩着缥缈云烟

林中下着阳光雨

滴翠了无声无息的波涛

如痴如醉的密林深处

蝉的赞歌在枝叶间回荡

石板路上女友的手指

冰镇的香槟酒一般清凉

难以抑制的幸福感

如一支遥远的歌

蜻蜓的玻璃透明翅膀

与斑斓的蝴蝶一起飞舞

穿透密叶的鸟鸣

悄悄浸透碧意

心中激荡的春色

正在为友爱陶醉

命运陡峭如同山峰

好在每人都有隐秘山谷

大自然总是万分朴素

幸福也没有终点站

以追求的目光去发现

尝尽欢乐的每一滴

跟人们分享生活

信任便是青春的力量

灵魂居高临下

生活超过痛苦蔑视丑恶

幸福就像道路一样

永远通向无穷

2002 年 6 月 21 日

清　水　岩

在高山的半壁

柏油路蛇行而上

进入幽深的绿色世界

进入如诗如画环境

九百年的古樟

九百年的罗汉松

都来自含辛茹苦创业者

来自专门利人的高僧

他出身书香门第

却淡泊功名入佛门

信服禅宗净土宗学说

造桥、修路、施药、治病

乃至经营这座清水岩

为民祈福善心为本
死后百姓感恩造成佛
香火把他熏成黑脸

这是对人格的崇拜
自然形成的民间信仰
九百年来不断扩建
宏建岩寺甲东南

手植古樟已高百米
手植罗汉松只年长一公分
以出世的心做入世的事
施爱布德上升风景

朱熹书刻"仙苑"石碣
赞美这里山林的幽静
海外游子来拜年过十万
这里又成故土文化的象征

生命焕发在山水之间
有如流过山头的云
时常带来清冷的阵雨
于是竹间有不辍的泉声

空灵的神秘和变幻景色

投身自然也体验人生
岩水和心灵互相印染
驱走困扰迎来欢情

创造是人生意义所在
把美的事物献给后来人
求善同时求个性解放
览胜同时也就享受人生

2002 年 7 月 2 日

闽西梅花山

连绵的翡翠林木

高入云端

山顶遍植梅树

走动华南虎

红色土地上绿色之星

升空灿烂

这里是多山的福建的屋顶

俗称梅花十八洞

应是远古蛮族第十八个部落

聚居的密林深山

又是闽江、汀江、九龙江发源地

溪流纵横，古木葱郁

巨藤盘绕，灌木杂草丛生

瀑布、温泉、草甸、沼泽成带

一道道亮丽的风景

虽在北回归线荒漠带上

却覆盖百分之九十的森林

这里盛产兰花和杜鹃

寒冬众树银装素裹

梅花山又变成水晶山

这里是华南虎的故乡

还有金钱豹、云豹、黑麂、黄麂

梅花鹿、水鹿、毛冠鹿、金猫……

龙和虎都是中华民族的象征

虎文化与人类关系也源远流长

历史上无数文人和画家

都以崇拜的敬畏的心情描摹

爱与恨交织纠缠不休

我的童年在紫帽山下龙山岭旁

那时仍是古木森森

虎时常出没

当虎路过，村中栏里的牛

瑟瑟发抖，狗也软瘫在门内

幽僻山道上，蓬松茂草间

人与之偶遇，乌溜溜的目光

与蓝荧荧的目光相对视

它有黑黄相间的条纹

九节鞭的长尾，五彩斑斓的额头

若隐若现的王字，耳旁立刻

响起风声，天色一下子黯淡下来

那雄姿虎影腾空而起

掠过头顶飞去

虎有八个品种：东北虎、华南虎

南亚虎、孟加拉虎、苏门答腊虎

爪哇虎、巴厘虎、高加索虎

后三种已灭绝，剩下五种

其中的华南虎，长毛、色深

条纹宽，一副英俊模样

与来自西伯利亚的

体质大的东北虎

和来自中南半岛的

体质小的南亚虎

比较，它不大不小，是道地中国产

完美如一件艺术品

它曾经自华南扩展到华东、华中

和四川东部，后来萎缩到

闽西、粤北、桂北、湘南和赣南

五十年代尚有四千只

动物园的不算

现在不过是二十只

梅花山有七只

为了拯救国宝华南虎

也为了生态平衡的人类新事业

经济不发达的革命老区

不坚实的肩膀勇敢承担重任

在海拔一千二百米茶盘洞

建起中国虎园

让百兽之王的雄啸

重新在梅花山上响起

让美丽的华南虎

在云雾缭绕的大山中

永存

2002 年

（首发于《福州晚报》2002 年 7 月 8 日）

武夷山九曲溪

经过急滩
乱石攻竹排，
进入深潭
水平浪静，
常有美丽羽毛的小鸟
边飞边饮在水面
叫出不为人解的啼鸣
衬托着点点波光
好比一股欢悦的思潮
向四外扩散。

一湾碧水在滩前绕过
面前是壁立万仞的丹崖
顶上唱着众树之歌
岩花时开时落
倒影随风飘动
成千的月亮和星星在波纹上
四季鲜花在草木中

阳光有如飞流向水面投下
好像阵雨冲洗心的尘土。

流水在群山罗列中
逡巡徘徊，左盘右旋
仿佛是对山花岩草
恋恋不舍。
到了开阔地方
林中耸立数百年前的书院
渡口，茶园
一切都已改变
只有绝对的静默尚在。

长尾鸟从竹丛中惊起
突然把群山的倒影照亮
最生动的景色
就在深水下出现。
而上面
万年的风雨
在巨大的石壁造成千孔百罅
仿佛是一串串音符
为难以理解的虹桥板和架壑船
谱出恒久的奇幻乐曲。

2002 年

（收入《蔡其矫诗歌回廊·南曲》）

断章 (一)

生活曾经是蝴蝶

后来是细雨

当黄昏的彩霞来临

却充满惆怅

爱情使人伟大

它无开始也无终了

没有不带忧虑的希望

也没有不带泪水的爱情

2002 年

（收入《蔡其矫诗歌回廊·风中玫瑰》）

断章（二）

我走遍天涯

寻找心的安宁

年深月久未曾穷尽

只有海潮的痕迹

只有梦中星辰

飘浮而来，闪烁而逝

是爱情选择我

我不能选择爱情！

2002 年

（收入《蔡其矫诗歌回廊·风中玫瑰》）

⊙ 2003 年

徐 福 东 渡

传说早已写在司马迁的《史记》上。
两千多年来音讯渺茫。今天
从对岸回声深入远古
疑案终于开始破解:

曾是妓女后来淫乱的赵姬
生一个鸡胸跛脚的秦皇
身残心狠,敌视一切健全者
亲小人而远君子的独夫

最后暴死途中,被驾车太监
封锁死讯,尸臭而后矫诏
杀了扶苏和蒙恬,又指鹿为马
万世只存二世十四年

后人才一再讥笑他，寻求
长生不死之药竟如此下场

一

齐都被秦军攻破，贵族子弟
徐福走上流亡路，那时
邹衍的阴阳五行学说盛行
他扮成方士浪游在民间。

李白诗曰：秦王"徒刑七十万"
仅为造阿房宫，加上长城
秦陵苦役不下二百万
而当时人口最多不过一千万

所有壮丁老汉都被征发
起来反抗的先有女性，后士兵
徐福成为女兵的首领
集结到南方造海船

海是陆地的延伸
不可能没有它的拓荒人

二

齐燕都有临海疆土
也已有最初的海上贸易
而方士正是三山神话的传播者
必有航海探问的热望

渤海只是海市蜃楼的天象
东海才有北冰洋漂来的冰山
在阳光下闪闪如金阁银台
间有白熊和白狐来往

冰山南下慢慢消融
所以永远可望而不可即
这才使中国到处有瀛台、蓬莱
寄托人民在暴政下的想望

只要海存在，专制就不可能
把人民永远打翻在地

三

方士卢生和程生离朝出走
引发秦王大怒焚书坑儒

既然阴云已笼罩头上
也许别处尚有阳光

匆忙间，三条船，五百人
从浙江慈溪赴蓬山下起航
初秋的西南风吹过舟山
朝向茫茫的太平洋

天蓝色的自由在惊涛中
高唱着伟大的未知
朝思暮想的梦土
以痛苦的眼睛在海的深处闪烁

人民做过一个个困惑的梦
而这些梦永无终止

四

三条船在狂涛中失散
徐福最先登陆九州筑紫岛
裸身的梭标手把他俘获
献给博爱的萨比女王

温柔目光接纳了他
作第十八部落的首领

称为新来的秦
也许这是"支那"的源头

原始的女王权威有限
只作象征性的共有情人
十八首领三人为一组
和谐地各占用三年

待萨比年老色衰
徐福举荐最漂亮的女兵接替
后来又部落叛乱，平定后
他自立为王

五

传布农耕文明大得民心
拥戴他向本洲进军
东征途中曾屯兵四年
为添置兵器他回到琅琊郡

正逢秦皇在东巡
琅琊台上亲自接见
细听远方确实有岛国
却又燃起狼子野心

不但准了数以千计的百工五谷
还外加战船弓弩手偕行
从郡中征集少男少女三千人
组成浩浩荡荡的大军

崂山海上徐福岛、男岛、女岛
就是当时用作操练男兵女兵
九月，全体斋戒三日
秦皇在台上亲自送行

六

船队沿海岸北上
在当今河北盐山县
横渤海，过济州和对马
乘回流入日本

那时日本还在石器时代
只有狭小的独木舟
看张篷的战船
当作天上飞来的盘石
上载男女天兵
为本洲大力推广农耕
功成又退居九州
并未进一步统一各部落

因为它信奉老子学说

无为，无名，无私欲

七

日本称他是中国的哥伦布

遗迹有二十多处

熊野神社，金立神社

以徐福为农神和药王供奉

在和歌山新宫市速玉神社

立徐福塑像，外有徐福墓

历代天皇都来拜谒

墓碑据说是日本藩王丰臣秀吉

命朝鲜汉学家李梅溪书写

另有碑刻日本高僧与朱元璋

关于徐福的问答诗

至今犹如历历在目

日本史学权威家永三郎说

今天日本人多为琅琊人后裔

八

1931 年 9 月，徐福东渡的
2100 周年，日本曾举行公祭。
1952 年 6 月 22 日，《朝日新闻》
刊文，承认徐福为日本开国

第一代天皇——神武天皇
他的遗物：剑、境、玉、马鞍
都是秦时物，日本神道与
中国道教相类似。

他居留地熊野三座山
单峰为阳山，双峰为阴山
连接的山野为和山
大和民族一词由此产生

1986—1989 年，日本九州佐贺县
发掘出秦部落的吉野遗址

九

两千多年前犹如昨天
我看见琅琊台前隆重盛典

长生不老的仙境虽然不存在
互敬互爱的园圃却可以促成

为什么邻居成了敌人？
为什么文明又转为野蛮？
为什么世受荫泽却反目相加？
为什么？为什么？

2003 年 5 月 24 日

（首发于《新诗界》，新世界出版社 2003 年版）

致《新诗界》

把汉语的名字改成外语
写一些不明不白的诗
其中充满诅咒、狠毒和嘲弄
却被误称为大师

在炮轰声中写死亡
在远离故土中写游鱼
以自由对照奴役
用狂言欺骗愚昧

难道就没有清醒的人
长久失却辨别能力
请他当顾问
礼待以贵宾?

宣扬一种颓废的人生

敌视一切现实
还能赢得肉麻的赞赏
未免欺人太甚

庸俗臭味的文字
还珍馐自宝
一派无耻的表演
应该把它打回去

2003 年 10 月 4 日

霞浦的海

天是彩旗飘扬的广场
海是红绿缤纷的画廊
近滩和远水
晨昏都在庆典中

船队向东方
出入青山相迎送
为何东吴温麻造船屯
如今寂寞无声心不动

日僧空海登陆有赤岸
西洋岛上灯塔不发光
回首千年往事
人、天、山、海都不肯宽容!

2003 年 10 月 23 日

好　世　界

牛排、咸粥、萝卜糕

中西美点杂陈

围坐在众桌之间

和缪斯钟情三女性

并不倾听老年的我

诉说晚境苦情

让无序清淡

暖意向寒冬走近

2003 年 12 月 14 日

主 持 人

从星辰深井

乘金色时光之车飞临

回应心的和弦

做梦的眼睛审视众生

感悟高出红尘

翘嘴唇谈论

用全生命的热情

营造康健人文环境

2003 年 12 月 18 日

⊙ **2004 年**

三十四年以后

隶属于共和国文化部的
中国文化信息协会
要出版《永恒的母爱》
向我征文，寄出后得回函
告知评为第二名
可我没能写全你呀，母亲

任何文笔都无法传达
伟大的母爱，哪怕万分之一
今生今世我不能忘怀
在潮湿的红砖地上
你亲自收生
所以我额头如你
贮满冬天龙眼林对春光的渴念
突出一线横道

把热望深藏

我也和你一样健壮

寒冷和困苦都不存心上

当你将永别的前几天

造反派要押我向遥远的南方

我含笑而不流泪滴

你无声地注视

令我永不屈服

我从延安寄给你一张照片

你历经日本占领时逃亡

飞机的轰炸，机枪的扫射

而永不离身十二年

终于带来北京

成为唯一的战时纪念品

那至高无上的深情

我怎能还清

在你坟墓的周围

我种植南洋的凤凰木

上海的玉兰，古传的刺桐花

冬梅，秋桂，火焰般红棉

红黄蓝白各色的睡莲

希望你地下能感知

这些都在颂扬你的品质
你的为人

三十四年后
我并没有和你分开
你不仅在故乡，也在我身上
我带着你的体魂，气质，爱心
走在荆棘与光明并存的
国土上

2004 年

（首发于《诗刊》2004 年第 1 期）

⊙ 2005 年

日本人和日本鬼子

上帝说要光明

光明来到人心上

这是——自然

一个邻邦老者

每年都来华北荒坡野岭

种树造林

他的悔罪彻底认真

他是岛国的大多数

上帝要毁灭一个人

必先使他疯狂

这规律——不变

那个高官重臣顽固地

每年都到神社拜谒大战犯

那个不起眼的皇上

也想到远方海岛祭奠日军亡灵

他们在向谁示威

他们在呼求什么

他们忘记广岛昨天的灾难

认过去仇敌为新主人

甘愿做战争狂人的鹰犬

他们是没灵魂的鬼子

为全世界唾弃的人类渣滓

世界就是这样复杂

看到凶相心怀憎恨

回忆更是怒火燃烧

明代安徽有个王直

带领倭寇占领浙江两屿多年

被鬼子称为徽王

在中国沿海烧杀掠夺

为日本前资本积有贡献

鬼子后人为答谢

来安徽修了王直墓

被几个学生毁了

全国拍手称快

人民张大双目

注视鬼子的一言一行

这个对立——永恒

2005 年 7 月 7 日，福州

闽粤海商

——泉、漳、潮海盗

元朝末年群雄纷起，皇觉寺游方和尚
朱元璋是较小的一支，但他联合
地主武装，重用知识分子刘基
最后战胜了安徽巢湖的陈友谅和

苏北盐贩张士诚。陈友谅曾经有
强大的水军，张士诚也有濒海部众
他们失败后不免有不服流落海上
胜利后的朱元璋不能不预先设防

他下令浙、闽沿海州府大造石城
其下还有卫、所等级别的海防设施
并法定不许寸板下海，这糊涂的禁海
促使海商和海盗结合贯穿整个明代

英国古典经济学家亚当·斯密在他的

名著《原富》中说过，中国封建主

不重视海外贸易，实行闭关锁国

招致古盛今衰。恩格斯也说：商人

对停滞不变的封建社会，是革命因素

他们的经商活动，是这个世界发生

变化的起点。禁海和反禁海斗争绵延

官方朝贡易贸和民间走私长期对峙

吴平，福建诏安四都人，先为富家奴

后入海为盗，有战船四百，率部众

万余，自称平海王，受俞大猷招抚后

艰机占梅岭，原是民间自由贸易港

吸纳财大气粗的走私商，声势益大

戚继光进驻漳平后，派人到梅岭传话

要吴平追捕逃入诏安深山的残倭和

缚送山贼林田，吴平按要求缚送林田

并派部众入山诱捕逃遁的残倭，解送

倭寇二十赴俞大猷营，七十九人

缚交戚继光。吴平虽然协助捕捉倭寇

但不肯束身投诚，便约俞大猷出兵

联合会攻梅岭。吴平得知消息

率领战船转移南澳岛，一五六五年
戚继光下令近海民船运石，凿船
沉塞港道，兵船封锁，俞大猷从广东

领船三百艘，从南与戚继光从北会攻
吴平退木栅，栅破，部众奋勇拼杀
到最后，不愿当俘虏，跳崖投海自杀
官兵此役斩一万五千人，船尽毁

吴平率百余人突围，占饶平凤凰山
后入安南，最后流落南洋各海岛
鲜衣骏马，为富商大贾，但满脸炙伤
人无识者，是个牛虻式的人物。

林道乾，广东潮州澄海人，读过私塾
原为县吏，因得罪县官，投奔吴平
为部将，吴平外逃，他纠合余党
领五十船又来南澳岛，俞大猷进剿

转移澎湖，俞大猷紧追，往台湾北港
后扬帆浡泥，为女王造炮，授甲必丹
一五六七年返航潮州，聚众三千，出入于
雷州半岛和海南岛，收购货物，开辟

澄海河渡门港成商船来往要地，从事

海外贸易，亦盗亦商，劫富济贫
剥夺地主豪绅田地给穷人耕作
最后也流落海外，传说在某海岛为王

林凤，广东潮州饶平人，族祖林国显
海盗兼海商，林凤向往海上冒险生活
十九岁纠集同辈入海为盗，赈贫民
从者如流，聚众数千，率船队驶澎湖

一五六五年，西班牙殖民者犯吕宋，占领
宿雾，一五七一年侵占马尼拉，杀其王
改国名菲律宾。林凤率舰船六十一艘
民装四千人，妇女一千五百人

扬帆菲律宾，驶达益洛柯斯海滨
派日本人肖柯带七百勇士攻马尼拉
击毙西班牙军长高梯，林凤亲自发起
第二次进攻，市内西班牙人殊死抵抗

未能入市内，命令部众向彭加锡转移
酋长拉平愈拉发动起义呼应
西班牙组成数千人的军队来围困
林凤坚守四个月，后率三十艘船突围

返航潮州，西班牙殖民者勾结明王朝

福建巡抚与漳州知府合力进剿，追
林凤至林加烟湾，终于遁走婆罗洲
至今婆罗洲尚有一个林凤港。

郑芝龙，福建南安石井人，父为泉州
库吏，长子芝龙音律歌舞无所不能
与弟芝虎、芝豹往香山依母舅黄程
黄为海商在澳门经营海外贸易，芝龙

协管商务，与葡萄牙人交往，懂葡语
受天主教洗礼，取名安德烈·郑，或
称一官·郑，押货附泉州海商李旦
往日本，日女田川松为他倾倒

当时他十八岁，婚后曾卖履为业
并为人裁缝，结交日本政要和华侨
颜思齐。李旦有多艘商船，往来
台湾、厦门、澳门，越南、柬埔寨

芝龙以父事之，李旦死，承其业。
颜思齐漳州海澄人，当地华侨推举为
领袖，帮助芝龙发迹，思齐带领
二十八人驾十三艘船直驶台湾据北港

建基地，一六二五年思齐病逝，众推举

芝龙为新首领，造战船，募部众
成为东南海上最强大的武装集团
一六二六年攻漳浦，舶金门，攻厦门

竖旗招兵至数千，时闽饥，得米粟，
求食者投诚。众至数万，严纪律
不虏妇女，不焚屋，礼贤士，未尝
杀人，劫富济贫。一六二二年荷兰人侵占

澎湖，一六二七年荷兰占领台湾，一六二八年
明廷改镇压为招抚，郑芝龙为了与
荷兰东印度公司抗衡委屈受招，授
游击，迁副将。一六三〇年荷兰军舰侵犯

厦门，郑部下十余人，夜间泅到舰旁
爬上甲板，放火烧船，俘虏五十余
其余荷舰仓皇逃逸，此后三年不敢
窥探。一六三三年荷兰军舰二十余艘

犯南澳，攻厦门，芝龙在料罗湾焚毁
荷舰十余艘，擒敌一百六十三人，因功授
总兵，升至都督，上自温、台、吴淞
下至潮、广，海上群盗都听他号令

拥有大海船三千控制群盗船万余

垄断海外贸易。海洋宁静，鲜闻抢劫
时闽南旱灾，他有职得权迁徙数万
灾民到台湾，每人银三两，三人牛

一头，以三万人计需银九万牛九千
有政权才可办到。他居安海镇，筑城
小船直通卧室，安海至围头建灯塔
七座。他的船队常年穿走北洋南海

贩运丝棉、绸缎、瓷器、红糖、药材
运回苏木、象牙、犀角，富可敌国
泉州城内为郑芝龙建生祠，广东
肇庆七星湖水月宫铸郑芝龙铜像奉祀

2005 年 12 月 6 日，北京

（首发于《香港文学》2005 年 12 月号）

蒲 寿 庚

——泉州一段史实

公元六二九年，伊斯兰教创立者
穆罕默德攻取麦加，第二年
统一阿拉伯半岛，后继续扩张
建立横跨欧、亚、非的阿拉伯帝国

地理形成擅长航海和经商
唐代即经陆路和海路来中国
在广州、泉州、杭州建清真寺
北宋和南宋，有不少成巨商富豪。
阿拉伯人蒲寿庚生在泉州，少时曾是
无赖，及长经营海外贸易
有武装船队，一二五〇年协助平海寇
因功授官至都制置使（相当于太守
当时泉州等于省会）后又兼泉州
市舶司提举（相当今海关总署署长）
有家僮数千，亦官亦商，称雄海上。

一二七〇年二月元兵攻占杭州，五月

文天祥、张世杰拥赵昰为帝入闽

十一月元兵至福州，张世杰

率淮兵二千五百人奉帝来泉州

蒲寿庚闭城不纳，十二月降元。

元兵离闽，张世杰自漳州来攻泉州

三个月不下，居泉宗室欲内应

蒲寿庚以商议为名，设宴

杀赵姓宗子三千，又封城杀万余。

忽必烈把经营对外事务交蒲寿庚

时泉州外侨两万，海船一万五千。

一二七五年马可·波罗晋谒忽必烈

在扬州为官三年，居留中国十七年

一二九二年，马可·波罗奉旨送蒙古公主

远嫁波斯从泉州出发，途经印度

回意大利著书，称泉州为刺桐城

（五代时晋江王留从效环城植刺桐）

哥伦布熟读此书，对印度和中国

极为羡慕，一四九二年获西班牙女王准许

携带致中国皇帝国书，横渡大西洋

寻找中国，到古巴以为是日本

把墨西哥城当作杭州，把当地人称之
印第安，至今
加勒比海一带仍称西印度群岛
阴差阳错地发现了美洲大陆。

元朝末年各地起义，一三五七年波斯
亦思巴奚（民兵）占领泉州十年；
排斥其他宗教
开元寺大殿被焚，摩尼教被灭

朱元璋派陈友定来泉扫平
泉州起来报复，烧清真寺七座
通淮街清真寺只剩石墙四壁至今
朱元璋又下令蒲姓后人不准读书做官
不准胡服胡姓。盲目排外
泉州从此衰落。月港，厦门
相继代替兴起……

2005 年 12 月 25 日，北京

（首发于《蓝鲸诗报》2006 年第 1 期，后收入《蔡其矫
的故园诗情》）

⊙ **2006 年**

雁 门 关

恒山向北的余脉

中原锁钥的雁门山

复杂的地形让南飞的大雁

为寻找去路在上盘旋

因此得名雁门。周穆王

经此往西域于盘石上奏乐

一段埋入地下的竹简

作雁门山的开篇

西汉初，刘邦率三十万大军

敌不过匈奴四十万铁骑

白登之围后被迫

实行笼络的和亲国策

雁门山道不断传出

中原女子的呜咽

汉武帝派万人修凿雁门古道

十三次北伐匈奴，领军
卫青和霍去病都是山西人
李广为雁门守将
人称飞将军，匈奴避其锋
最后因迷路获罪
自称罪在自己，不在将士
引颈自刎

汉武之后再没力量对付匈奴
搁置多年的和亲又拿出来
垂暮之年的呼韩邪单于
来到长安称愿当汉婿
汉元帝赐后宫美女王昭君
单于大喜过望
立封为宁胡阏氏
为当年隆重的盛事
遂将建昭年号改为竟宁！

东汉时期，雁门山北
崛起鲜卑人的北魏王朝
雁门的关名初现北魏典籍。
隋朝首次派专管雁门关的职官。
北宋时期，雁门关
成为宋辽两国分界线。
雁门东西山崖峭拔

盘旋崎岖，绝顶置关
长达十里的夹谷中
车马不能并骑

辽国皇帝耶律贤率兵十万来犯
雁门关守将杨业率杨家将
向行进峡谷的辽军突袭
辽军死伤无数
后来辽再次兴兵
杨家将在雁门关外金沙滩
再次给予重创，乘胜
连破敌垒三十六座
并在周围兴建十八寨
北宋最后两个皇帝
徽宗和钦宗以及宗室三千
在金兵马鞭下缓缓走出
雁门关，北宋亡

明王朝开始雁门关长城建设
有边墙、边关、边城
周围十公里，前有两关四口
十八隘，后有三十九堡十二联城
但是辉煌的万里长城
并不能让专制帝王长存
努尔哈赤崛起东北

改后金国号为大清，在吴三桂
引领下入山海关，大清王朝兴起
新的敌国却来自海上！

雁门古道也是商道
关外游牧民族
以马牛羊来换布粮铁器。
与丝绸之路齐名的玉石之路
新疆和田的玉过这里到达中原。
以至云南，十八世纪
晋商从福建贩茶把商道
向北延伸到莫斯科以至欧洲腹地。
但雁门关与战争和灾害最密切
山谷中到处洒遍血和泪

战国时期，赵国名将李牧
征战在周围，大破匈奴十万骑
雁门关上有李牧庙
庙前两大旗杆入云霄
后调李牧去抗秦
屡立战功，秦使反间计
赵王屈杀李牧在阵前
三个月后赵亡
晋大夫羊舌叔向
押解一批犯人过雁门

见久旱无雨泉断水绝

草木枯死，民不聊生

他令犯人求雨

如下雨即免罪释放

犯人烈日下焚香伏地

果真降了透雨

草木重生，十里花香鸟语

羊舌叔向却因此获罪被处死

阳明堡为纪念他修羊舌祠

至今尚存。

秦始皇派太子扶苏大将蒙恬

率三十万人修长城

秦始皇东巡路上

于河北沙丘暴死

赵高和李斯矫诏杀扶苏和蒙恬

立胡亥为二世

不出三年在起义声中

强秦烟消灰灭

太子河边有扶苏庙

赤山沟荒草中有蒙恬墓

现代无数天大冤案

诳杀忠臣和盟友，能逃脱

历史的惩罚吗？

2006 年 8 月 20 日，北京

鹳　雀　楼

中国有四大名楼
黄河边鹳雀楼是其中之一
但它元代已毁于战火和洪水
人们却念念不忘
因为有王之涣的诗

名楼都有诗文给予永久生命
黄鹤楼壁上崔颢题诗
李白为之搁笔而声名日增
岳阳楼因范仲淹的记
内涵骤然高大起来

滕王阁借王勃的序
连同落霞与秋水永生
而王之涣一首《鹳雀楼》
把盛唐凌云的气概

传达给世世代代

诗只有二十个字
既写眼前景，又写意中景
从静到动，由实升虚
有限中寓着无限
每一时代都能给以新的意义

作者本是太原人，在河北当小吏
因受人毁谤，愤而弃官
漫游黄河南北
过独立自由的生涯
抒写个人真实的感受

他的诗传下来的有四首
另一首脍炙人口的凉州词
起笔简要写出孤寂的大西北
落笔含蓄指责王族奢侈豪华
而不顾守边者艰难困苦

诗文既反映时代
又批判时代
这才是它完整的使命
既不能盲目歌颂
也不是无穷忧伤

楼本是北周时代的戍楼

位在黄河边的蒲津关

四座铁牛系着两条大铁链

中架浮桥，把中条山盐池产品

运往三百里的帝都长安

盐池边有关羽家乡

传说他出山前是运盐独轮车手

练就强劲臂力和高大身材

深受貂蝉爱慕，曹操灭吕布

有张辽引见，终于归属心上人

鹳是形体较大的水鸟

似鹤又似鹭，长喙扁平

爱在人家屋顶做巢

雀是形体较小的飞禽

总在高枝和屋檐上栖宿

楼临水，周有蒲草

鹳雀同楼成为胜景

长安的士子络绎来游

留下诗文肯定不少

独有王之涣一首流传至今

这不免让后人深思。

今天，与南方的黄鹤楼

滕王阁一样重建辉煌

只是，鹳雀楼离开水边

因为它的北面是龙门

一泻千里，南面有华山挡住

使形成大片冲积平原

历史河中府变成河东府

又变成现在的运城

黄河西去百里外

鹳雀都不见，渡口也没了

四座铁牛从地下挖出

安置在高台上

唐代的繁华已经沉寂

大楼孤立在平野上

道路，广场，虽有无限光明

水池，垂柳，拱桥也赏心悦目

但生意经赶走了文化

花费巨资，有空壳高楼

能否产生新的价值？

2006 年 10 月 11 日，北京

（首发于《大众诗歌》2006 年第 4 期）

⊙ **暂未确定年份**

安　砂

聚沙成岸，春水冲击其岸不崩，故诏之安。

嶙岩峭壁
惊骇游目。

日临水面跃全盘，
月出潭心浮玉璧，
咫尺之外霹历滩，
龙门天堑舟人寒。

帆归远浦连云转，
花落澄潭带月漪。

岩峭如墙，
白云绕山，

苍崖插汉瞰中流，
涧水迂回引客舟。

列岫笼烟红削玉，
澄溪浸月碧生漪。

天下幽奇多僻壤，
莫疑造化恶人知。

无题（暗云）

暗云渐渐开朗，眼前充溢着银光，
在那无声的天上，转出如盘似的月亮。
这一生中的这一夜，如果不尽情欢畅，
明年明月谁知道要到哪里去将它探望。

片　帆

白花花的海面，
阳光是这样照眼，
水面是这样平，
一片布帆静静地在远方，
好像一动也不动。
它要到什么地方，
有着什么样的心思。

北　京

迅速前进的脚步

无限的光明

以不尽的车辆和人流

和崭新的建筑，在这里

组成最动人的色彩和音响，

表现巨大生命的成长。

不知道从哪里

获得这惊人的力量。

秋天，

清净而又凉爽

又举步在街道行进。

秋天，

在树荫和草地上，

在钢似的虫鸣中，

一天比一天显明，

蔚蓝的天空和碧绿的北海，

一时都成明镜。

能够在这里生活，领受这里的风日，
这是莫大的欢乐，
因为我的心如同草木，
也最喜欢春天的朝霞呀！

保　卫

为保卫生我的祖国，
我日夜瞭望着亲爱的海洋，
海洋就是我慈爱的母亲，
它时刻温暖着我这战士的心。

风呀！你怒号吧！
你卷起万丈波涛吧！
我的心里充满了勇敢，
我站立如岩石般坚定；

我的生命正在青春，
我把最大的爱情献给祖国，
当渔船在我面前经过的时候，
它的旗帜在向我致敬。

风呀！你怒号吧！

你卷起万丈波涛吧！
我的心里充满了爱情
我警惕如最前线的哨兵。

风，
穿过窗缝和壁隙呼啸着，
雨滴，像冰雹似的开着玻璃，
海岸的夜正深沉，一切的人已安息。
警醒的
只有海岸的哨兵，
透过风声和雨声，
在倾听海洋的呼吸。

雨滴亲吻他的嘴唇，
风的温暖的手指，
轻轻地抚摸他的面颊，
夜像一头柔软的黑发，
在飘动中发散出诱人的气味。

南方的夜，
有像女人般温和，
浪潮升上沙滩，
又轻轻地退下，
海在睡眼中仍然不得安静，
她在向世界低语。

黎明，

渔船的灯光由惨淡而熄灭，

最初的一块白光出现在天上，

海面现出灰白色的波浪，

东方有了微明。

我呼吸着海上清晨的风

夜来的困倦已不知去向。

于是，地平线下的太阳燃烧着云彩，

水面开始波动着红光，

太阳出来了，波浪唱着欢迎的歌，

每一块云彩都抹上一笔红色，

天空如锦缎一样现着各种花彩，

大地从黑暗中首先呈出绿色的树。

于是花朵也转着太阳开放。

为保卫生我的祖国，

我日夜守望着亲爱的海洋，

蓝色的波浪就是祖国的微笑，

它时刻温暖着战士的心。

风呀！你怒号吧！

你卷起万丈波涛吧！

我的心里充满了爱情

我站立如岩石般坚定。

我的生命正在春天，
我把最大的爱情献给祖国，
太平洋的万丈海底，
也感到我战士的脉搏。

风呀！你怒号吧！
你卷起万丈波涛吧！
我的心里充满了勇敢，
我警惕如最前线的哨兵。

测　　旗

站立在高山峥嵘的岩石上，
拂弄着白色烟云在那青空。
它临风飒飒夜声，仿佛是
诉说人们征服自然的意志。
山居的老人朝夕都望着它，
赞美毛泽东战士的新胜利。
青年们常结伴集会在旗下，
谈论山村未来生活的光辉。

查问（男女对唱）

女：与哥坐落见查问

　　不作总是同一村，

　　不查不问不相识，

　　不作总是我姓黄。

女：与哥坐落见查定，

　　不作总是咱大乡，

　　不查不问不相识，

　　不作总是咱亲戚。

女：与哥坐落见查通，

　　不作总是侎老公，

　　不查不问不相识，

　　不作总是侎老童。

男：与妹坐落查乜问，

　　这里都无同一村，

　　不查不问都相识，

　　这里不是同姓黄。

男：与妹坐落查乜问，

　　这里都不咱大乡，

　　不查不问都相识，

　　这是都不咱亲戚。

男：与妹坐落查乜通，

　　这里都不㑚老公，

　　不查不问都相识，

　　这是都不㑚老童。

（此篇为蔡其矫整理的山歌）

冬　不　拉

温柔忧郁的旋律

亲切的暖流流过全身

曲调越来越响亮，一秒钟比一秒钟

更刚健有力

似手把心高高托起

带向远方，带向绿色牧场

带向盛开罂粟花的草原

仿佛回到遥远年代

陶醉的大地的芳香里

向那巍峨的山峰

在那里，音乐乘着宛如新鲜奶汁的

白云，催人入睡，带到甜蜜的梦境

如泣如诉的乐曲掠过上空

无垠的寒冷的荒原垂在头上

眼神忧郁的青年

正在荒原上不择道路地蹒跚着

整个荒原上只他一个人

漫长艰难的路途已走得筋疲力尽

跌倒，爬起来又顽强向前走去

仿佛故乡、朋友、亲人在远方等他

他知道自己走不到了

但依然继续着

诅咒着可恶的狂风

和遮住视线的灰尘

大　海

我相信你并不愿意使鱼类遭到毁灭，
我相信你是因为太爱你的儿子的缘故。
而掀起万丈波涛来抚爱他，
只是因为今日的人类还不够强大到能接受你粗野的爱情，
但是今日的人类驾着铁壳的轮船航行在你上面，
已经比几百年前的篷船和独木小舟
前进了很大的一段路程，
难道今后不能走得更远吗？

请你回答我，为什么你一刻也不肯安静？
有什么在你心中沸腾？

你的海水是咸的，我的血液也是咸的，
莫非你就是地球的血液？
没有你人类怎样能够重生？
没有你地球怎样能够存在？

钓　女

人们发现你
有探索思群的眼力

三千个不眠之夜呀
你枯坐船头不住看海底

把水的颜色分清楚
然后放下钓绳等收获

一天回航好几次
每次的丰收都叫人惊奇

外人要买你雇你
除了家屋你哪也不去

我在你眼中看到火的微粒
还有海波在远方进退

无题（大炮）

我站在大炮旁边，
大炮就是我的爱人，
我们两个站立在寒风中
望着奔腾怒号的海洋。

礁石间飞溅的浪花
为风吹散，轻轻洒在我们两个的身上，
……

我们两个
虽然是站在荒凉的岛上，
我们幸福，我们的爱情正在春天，
我们一同守望祖国的海洋。

风呀！请把我们的消息
告诉大陆的人民：
世界上最凶恶的强盗
不能战胜我们这样深情的人。

无题（大山）

大山伸出一条腿

拦住江水

使它突然陡涨起来

翻起险恶的波浪

滚滚洪波

如汤水沸腾

激浪涌入船舷

画眉在竹丛里穿梭

斑鸠在深谷叫鸣

山顶云雾缥缈

东　山　港

这哪是重游旧地，
到处都寻不到记忆。
曾是公园地方塞满房屋，
曾是渔港泊地叠起高堤，
最好的景致毁灭了
连一块阶石也不留下，
倔强壮美的刺桐所剩无几，
七个水池一一填平，
沙滩有剪余铁片和碎石，
连海岸的仙人掌也又黄又细，
满山的相思树不见了
再多建筑也盖不住秃山，
古老文化似乎熄灭，
少年很可能不知道昨日；
消逝的人事遗下忘却，
也不向海说一声再会。

脚步沿公路到新的地方，

新的码头干净宽敞，

新的海港初具规模，

新的高楼一栋又一栋，

劳动创造另一景色，

文化以别种形式复活，

眼睛重又灿烂，

虽然这非旧现，

一切还不算坏，

心啊无须伤愁！

赌　　徒

在他人的血泊中
染成的红人！
踩他人的肩头上
假货的领袖！
什么工人
什么农民
什么士兵
不过是历史的误会！
得来容易
挥霍也迅速
暴露也彻底；
他的地位应在赌摊上
却斗胆坐在火山口！

无题（陡岩）

两边是高耸的陡岩，
中间是急湍在奔腾，
但风却不吹送水响，
只听见机器的轰鸣。
任你河水怎样冲闯，
堤坝在逐日生长，
要和人的劳动竞争，
河水它是白费力量。
从前是孤村寒舍，
现在听不见鸡鸣犬吠，
挖土机终日震响，
山沟出现了市街。
月亮挂上山头，
河水在闪光流淌，
可是月色多么暗淡，
水中反映的是万千灯光。

看着工地天天变化，

建设者心花怒放，

英雄治山治水

深谷建立永昼的天堂。

冬天的寒风夏天的炙阳，

都不能把工人的干劲阻挡，

如果洪水胆敢窥视，

工人的双手便能擒住骇浪。

谁说两座山峰不能靠拢，

看不久就要连在大坝两房，

那大坝如人造的山，

横在急流之上。

过去是分离的两山，

不久要连在一起，

共同把宝贵的水留下，

给祖国输送光明和力量。

新的人物起来了

必须给他们生长之地。

意志消沉是可耻的

这是自我毁灭的开始。

去在斗争中感受一切欢乐和苦难。

唇边现出微笑，

脸上才会反射金光。

消极便是慢性死亡，
耗枯自己的心血，
也呕尽别人的肝肠；
一堆火使茅舍温暖，
开朗的灵魂
也能给周围带来
生命的热浪。

咱们相亲相爱
像两面镜在互相辉映，
咱们各人脸上的污点，
都会变成爱人眼中的热泪，
而每一线冲往高处的光明，
在爱人眼中都是
满天灿烂的星辉。

钓　鱼　台

永定河东的流水在树下潺鸣
荻花和枫叶在对岸飒飒有声
秋日阳光下有片片绿荫的钓鱼台，
因为一个人的缘故而占有我的心。

不看那云雀为何在骤急地飞升，
不看蝴蝶在怎样逗弄小花。
只注视她那早霞般灿烂的面容，
和那纯洁无邪的秋水般的眼睛，
今天，没有人能比她更可爱
那透明的细长的手指。

喜气洋洋，握着纤指，
看到你的眼睛就看到你的心。
至洁无垢
对自己的行为问心无愧，

但愿我能使你高兴——

黄的落叶，蓝的雏菊
人的轻思暮想

无题（风）

一

风，

穿过窗缝和壁隙呼啸着，

雨滴，像冰雹似的打着玻璃，

海岸的夜正深沉，一切又已安息，

警醒着

只有海岸的哨兵，

透过风声和雨声

在倾听海洋的呼吸。

二

雨滴亲吻我的嘴唇。

风的温暖的手指

轻轻地抚摸我的面颊，

夜，像一头柔软的黑发，

在飘动中发散出诱人的气味。

三

南方的夜，

如女人般温和。

浪潮升上沙滩，

海在睡眠中仍然不安静，

她在向世界低语。

四

喧腾的大海，

在浓重的黑暗中闪现绿色的微光，

把天和地截分出来。

而雨滴落在海面上，喷出一粒粒的水珠，

它跳起，它滚动，它消失

它把海洋清楚地呈现在哨兵的眼中，

即使一枝小草飘过也能看出。

无题（风呀）

风呀！风呀！

你是航海者心爱的女友，

在波浪与船桅上游戏

你带来鱼类的腥气

和海水的咸味，

抚爱我的脸和船上的旗帜。

我坐在温和的阳光下

倾听你柔情的细语

我的心已经陶醉。

风呀！风呀！

只要能和你相亲相爱，

就是走向天涯海角我也愿意。

归　帆

黄昏中的海港逐渐暗下来了，
云在对面山上凝聚堆积，
海外岛上的灯塔
好像天边的黄昏星一样开始放光，
挂着满帆的船驰回海港，
好像远行的飞鸟归回故乡。

风呀！你再挥舞长长的手臂吧！
浪呀！你再露出嗤嗤的白牙咆哮吧！
我不怕你们的任何威胁
即使最后的阳光从天空消失
海面也剩下恐怖的黑色，
但是我的心呀，仍然充满光明和勇敢。

改黄静的词

一

生命在高速公路风驰
越过迷茫的清水黄尘
如雷如电一瞬十年
舍弃冷落半生的无爱青春

起动地心的热源
不忘世纪严峻
以浮香溢娇的鲜花
迎接曦和之神冉升

在晶明的满月之下
瞬间便改变余年
为了我的前缘

不要来世要今天

二

阳光给予绿苗

纸笔给予心灵

一切生命的祈求

都能得到回应

为什么我流泪的心

却得不到温情

不把自己捆紧

让微笑融入新春

痛苦解脱之后

低眉依然纯真

热焰的胸怀啊

哪里有我的知心人

三

梦见江南一株红杜鹃

梦见春天温和的水冷冷的天

一只凤尾蝶斜着翅膀

在细枝嫩叶上盘旋

昨夜风向哪里吹

雾雨已经完全消散

梦见青草盈满大地

暖日辐射无数金色的弦

祈求中的生命

飘动迟暮的桂香

以复苏的明亮秋水

洗净昨天的残梦

凤　凰　花

红花密蕊，

层层的丹霞燃烧在绿云之上，

横枝嫩叶

片片的金翎翠羽灿烂辉煌。

与早晨的太阳相照耀，

与轻软的晚风同歌唱。

满腔热忱献给新日子

吐蕊开瓣

在日新月异的旧家乡。

海边的梅花

海边的梅花啊，你且慢慢慢地飞，
因为前人已经有这样的歌词：
不要爱惜那黄金绣花衣，
不要忘记那白雪盖青枝。
但愿你永远带着雨丝和烟缕
生活在风光明媚的春天里。

旱　船

在这里诞生、结婚、育儿和病死，
你是渔民地上生活的全部世界，
水上的船在海上，运载财富和希望，
你停止在生活的岸上，运载的却是贫穷和痛苦。

无题（海港）

我扛着一卷铺盖，带着几本书

穿过卑微的县城，

来到偏僻的寒冷的海湾，

那多岩石的荒山，垂着低挂的云雾，

像布幕一样垂直移动，几乎触及我的头顶。

这是南方的冬季，

不倦的风在山石和树间夹啸，

寒冷，以它的手指堵塞我的呼吸，

海鸥停息在起落的波涛中，

劲风使它乏于起飞，

而成群的沙燕，低低地贴着水面艰难地鼓翼，

时常从风卷起的浪花的帘幕中穿过。

除了风声和浪声，四周一切寂静。

就在这冬季的寂静中，

在高高的山下，在弧形的沙滩外边，

我看见停着四艘灰色的军舰，

它们是这样的可爱，就像是精巧的玩具，
平列在风和浪的港湾中，
黑夜里闪着一排灯光，
白天飘着鲜艳的红旗，
生命，在祖国的每个角落闪烁着
就在这寒冷荒凉而偏僻的港湾也是一样。
黑夜到来，船在山村底下的港湾停泊，
最后的晚霞已经熄灭，
归帆的幢幢黑影向山走去，
海流闪着深黄和浓黑，有如重油在流动。

风从山口过来，
把人赶向温暖的船舱，
船如摇篮一样摇荡，
而舱房里发出各种乐器的声音。

舱房的灯光给我温暖，
不和谐的乐声给我愉快，
这是水兵生活中平常的一幕，
却使我这新来者感到无比的喜悦。

从窗子里望着港口铅灰色的水面，
我想到事业、人生、危险、艰苦和欢乐……

幻　　觉

睡梦中听到呼唤
醒来犹有余音
仿佛刚离开窗口
可再不回来
也无法追寻

虎　门

两旁的古炮台，漫长的巨墙。

金锁牌在中间，夜晚有灯。

蹲伏的大虎小虎，雄伟景象。

守着珠江的门户。

今天的守卫者，已在你的前方，

以更大的威力，监视在南海上。

无题（后面）

在烟雾和柳树的后面
那升起的红色的太阳
是我对你的爱。

它从终古以来
就一直沿着不变的轨道
不慌不忙地前进。

我爱祖国，你也爱祖国
我们两个合在一起
献给它以双倍的爱。

花　香

淡青色的小花，点点如雪的小花，

把芬芳从墙里向外四溢，

温馨、素净、和平、清新，

在这金色的黄昏

你是在思念着谁？

那含蓄了一天的热情，

那积累了一天的相思，

到晚来实在按捺不住了，

你到底要把这香扑扑的心意

奉献给谁？

我举头在墙上看到你，

低头又在栏杆的阴影里发现你，

你依旧是那样——

半开半合

欲言又止。

无题（火焰）

假若生活是火焰，你应成为火花
从它的怀中升起
又往它的怀中落下，
这样你就生活在热忱的热忱之中
永远呼吸在哲学里面
而哲学的实质在于良好的心情，
你就有无穷快乐，
你就笑声常在。

海　赞

我们的事业好比轮船走入大洋，

前也是浪，后也是浪。

你新鲜，你明亮，你生动，你自由，

你光荣，你辉煌，你雄浑，你悠久，

欢唱吧，欢唱吧

你热情，你挚爱，

你欢乐，你和谐，

当你愤怒的时候

你仿佛要把太阳吞没

把月亮打碎。

你照着太阳的光

你照着月亮的光

你照着一切星辰的光

你吸收它们的全部光明，

你才如此地光辉而且有力，

是浪的声音还是风的声音

在那里向我大声呐喊，像海一样，像海一样？

自由得像海

到处是生命的光波，

到处是新鲜的情调

山在水上燃烧，

光在波中舞蹈

海水在地球上环流不息，

正如血液在人体里川流不息。

梦 十 八

十八岁是人人的青春少年期
十八岁是一生最美好的花季

梦十八，梦十八
永驻十八岁的娇容
生命之树长绿
永葆十八岁的风貌
挥舞爱情的彩旗

乐观自信有光彩
心胸开阔最美丽
梦十八，梦十八，梦十八
有了梦十八，永远十八岁
有了梦十八，永远少年时。

灰 砖 墙

并不漂亮的两段围墙
在两排不整齐的杨树后面
甚至有点荒凉
但在广场那阵暴风之后
这里却开过希望之花。

这里有驱散寒雾的篝火
有血泪,有哀号
使僻静地方赢得万目凝注
不管风吹雨打
群众拥挤着直到深夜。

心灵的披露
使四面八方的来人
与无声的歌一起激动
在每一次斗争的重要时刻
这里几乎成了圣地。

纪念沙可夫

上海、巴黎、莫斯科

到瑞金苏维埃政府

当过最年轻的教育部长

歇任又回到上海养病

一个大圆圈终于显本色

一支译笔屡出佳篇

手抱一把六弦琴

出现在延安晚会幕布前

宛如一个风流才子

使多少女孩眼睛发亮

窑洞门前小块平地

一曲伏尔加船夫曲回肠荡气

震动在北门外的夜空

让流浪的水手思念海洋

奔赴敌后抗日根据地
三千里三个月的艰难行军
一匹白马你的坐骑
却总让给病号和女同志

栽培的桃李满天下
许多都是明星级的艺术家
组成一道耀眼的银河
一手伸向民族民间文化
一手伸向国际艺术交流
体现中国人民高尚的秉性

僵　尸

有时披着斗篷，

有时围着乌纱，

在摄影机前作尽丑态

自以为风流无比

岂知有万人臭骂

怎么猖狂到无耻

这坟墓里的东西！

除非把人都变成鬼

它不能称意；

让它得逞

一切都要毁灭。

他的地位应在赌摊上

却斗胆坐在火山口！

无题（急滩）

急滩萦绕

岩岸回转

水石拍激如奔雷

须臾已过绝壁。

出了安砂，便听见轰鸣，

隐隐如夏天远方的雷声。

历史上一切反动人物，

敢与人民的意志对抗，

无不以可耻的悲剧下场。

今 天 的 歌

没有今天，便没有过去

也没有青春，更不必谈将来。

除了今天，永不会有完全，

除了今天，没有所谓幸福或痛苦。

坐享其成的人没有今天，

他只有幻想的过去

和不可能实现的未来。

今天是为创造者而存在。

这时代的歌

应该像人民的语言那样

充满坚定勇敢的声调

帮助人们去斗争；

应该像满帆的船，

在明快的阳光和欢乐的波浪中航行

驶进每一颗渴望解析和鼓舞的心。

无题（吻）

我接吻冰冷的叶子的嘴唇
我抚摩光滑的西瓜的胸脯
我嗅到黑发中飘散出来的
玫瑰在暗夜中发散出来的芬芳

无题（船与陆地）

一片碧绿的上面
波浪汹涌的海洋，
雾气迷漫的远方，出现了
一抹淡蓝色的陆地
船正在向它走去。

海上是不息的寒风
四周永远是水和浪花
在船边不断叫啸
我们永远在浪中颠簸
我们多么思念牢固不动的陆地呀！

因为那里是有成行的绿树
有夜晚温暖的灯光，有笑面相迎的孩子
渔村的小巷拥挤着人群
以及小屋里传来的亲切的声音。

因为那里走着心爱的人，
她走在白沙的海滨，让海水
亲吻她白净雪亮的赤脚，
她向海上张望，等待我向她走近。

黎明
渔船的灯光由惨淡而熄灭，
最初的一块白光出现在天上，
海面现出灰白色的波浪，
东方有了微明。
我呼吸着海上清晨的风，
夜来的困倦已不知去向。

于是，地平线下的太阳燃烧着云彩
水面开始波动着红光，
太阳出来了，波浪唱着欢迎的歌，
每一块云彩都抹上一笔红色，
开空如锦缎般现着各种花彩。
大地往黑暗中首先呈现绿色的树
于是花朵也朝着太阳开放。

无题（船队）

船队出发了，

在展开的波浪不平的海上

在早晨的雾和朝阳中，

无数的帆船排着长长的行列

整齐的船队向着海上出发。

有些已经走到白茫茫的大海，

远远只望见那灰白的帆儿，

有些在我面前经过，可以看见船上的帆索，

有些还在内港中，慢慢地向这里移行，

船际的长列整整占据了全海洋

它们的帆孕满着，为风所吹送

它们迅速地前进，如像在水上跳跃一样，

浪的弯曲的水流在它四周，

有一种生命在它上头，

它们从这个港口，到另一个港口

把货物从城市运往城市

码头到码头，波浪到波浪

这时天是明朗的，云在飞驰

一切在前进，

一切都有生，

一切茂盛，一切热情。

黄昏中的海港逐渐暗下来了，

云在对面山上和山下凝聚堆积，

海外岛上的灯塔

好像天边的黄昏星一样开始放光，

挂着满帆的船驰回海港，

好像远行的飞鸟归回故乡。

风呀！你再挥舞长长的手臂威胁吧！

浪呀！你再露出嘻嘻的白牙咆哮吧！

我不怕你们的威胁和咆哮

今夜又要到这海岸巡逻

夜

最后的阳光从云间消失，

海浪一片恐怖的黑色，

一切的帆影也都阴暗了，模糊了

但是我的心呀！仍然充满光明和勇敢。

黎　　明

渔船的灯光由惨淡而熄灭
最初的一块白光出现在天上
海面现出灰白色的波浪
东方有了微明。
于是，地平线下的太阳燃烧着云
水面开始波动着红光，
每一块云都抹上一笔红色
开空如锦缎般现着多种花彩。
太阳出来了，波浪唱欢迎的歌，
大地从黑暗中首先呈现绿色的树
花朵也朝着太阳盛开。

无题（黎女过河）

欢笑声，激溅声

抖动着红黑花纹的头巾，

牵起有精细织工的短裙

这里的阳光是多么炫目

这里的云彩是多么耀眼

这里的人物个个英俊

这里的姑娘多么迷人。

短裙、绣花的头巾

遮胸布，纹面

耳环，项圈

祝 愿 美 丽

你的美丽有如

浮云不停地掠过的初月一样，

你的美丽有如

以繁星为伴的轻淡色的初月一样；

你是可爱得有如远在天边

在云下闪烁不定的星一样，

你的活泼好比

那在夜空中捉迷藏的星一样；

你像是那小河旁边

长着青苔的岩石那样充满生机，

你像是那些在海岸

带着泡沫的浪花那样顽皮。

什么时候

你成为满月照耀中天？

什么时候

你是明星悬在高空？

什么时候
岩石有松树做伴？
什么时候
波浪向海上奔驰？

你

你好像大海

在边岸卷起波澜

筑成一道道白色的栏栅

不让我侵入

那导致毁灭的地方

内 部

电影，有内部观看

书，有内部发行

报纸，有内部参考

鱼肉菜蔬，有内部供应……

啊，内部内部

垄断一切物质和精神

挖一条深不可测的沟渠

隔开曾经生死与共的人民

在一切都是内部的时间

迷醉遥远地方的人生

疯狂地奔赴内部电影院

乘内部的汽车搬运内部供应

这世道的艰辛

谁又能理解！

盼　　望

在一天的劳累之后，
战士总爱坐在山坡上，
向大陆的方向瞭望，
哪怕只是一小点，
也能分辨出是不是自己的船，
他们盼望电影队，
盼望信，
盼望报纸……

情　歌

妹送哥哥送过大岭头，
送过岭头心中好烦闷，
送过青山看见了绿水，
但愿没人看见我送你。

妹送哥哥送过田垄，
眼泪打湿妹的前胸，
要是回家母亲问我到哪去，
只好说是入山地抽藤路遥远。

走上岭顶在石上坐落，
只见麻藤长满山坡，
满坡的麻麻都相挂，
不知情哥挂我没？

走上岭顶在石上坐落，

只见大海上浪拥浪，

海上的浪都这样亲热，

不知情哥想不想把妹抱？

无题（前进）

冒着大风前进，
迎着大浪前进，
人民的炮艇出海巡逻，
心头有热血奔腾。

波涛险恶的湄洲浦，
张开白牙的浪花，
尖锐的船头钻入水里，
又以飞跃的动作跳起来。

南日岛的西面，
裂纹的礁石如门户罗列
激浪和寒风使人回避，
舵工更紧地掌住舵盘。

莲花山远望如云，

三江口耸立塔影，
雁群低低地梳过水面，
平静的港口在欢迎我们。

泉 州 即 景

朝日清光映晋江，晚霞如锦衬紫山。
中午时分何所见？雄伟双塔托蓝天。
龙眼成林傍瓦屋，楼房似栉临江沙，
一条大路连山水，市街盖在绿荫下。
榕树飘飘拂长须，海风阵阵送清流，
谁肯鞋袜裹双足，木屐歌声响不休。
秀气高风依然在，俊眼慧目百倍明，
且待海港重开日，太平洋上唱南音。

七　洲　洋[*]

呕血，不怕风浪的战士
你的事业是沉船，但却有你所不能征服的
巨蟒盘旋在老树的枯枝上
穿山甲爬行在藻蔓覆盖的乱石上中。

黄昏，水兵在林荫道上散步，
广场有手风琴的琴声
战士在收获自己种下的菜蔬

胜利的不是暴风雨
胜利的是你们（建设海岛的战士）海岛的建设者

---

* 此篇为作诗笔记。

曙　光

看哪！那迷人的曙色
以小小的光辉驱散广大的黑夜
一道紫霞充满爱情地抚摩天空，
欢呼上升起来
新鲜的生命到处在流泻。
那渔夫张帆的小船，
倾斜起伏地急走去迎接朝阳
它不久就要从海上露出
照耀这欢呼跃动的世界。

抒 情 诗

当光明的太阳节节上升，
我知道你不久就要出现，
你是百花中的玫瑰，
你是群星中的新星。

我听见你音乐般的语声，
在流水和风声之上震响，
我看见你如静止般地移步，
树枝和草叶纷纷向两旁闪浪。

最美丽的月亮的柔光，
也不及你亲爱的面容，
你的华美就像太阳，
月亮和花和星光都比不上。

太阳啊，你永远照临着我，
永远指示我应走的道路，
永远给我最快乐的生命，
去创造更壮丽的日子。

诗，思想的明珠

我从你的眼睛里，
看见我所爱的乡野，河流和湖泊。
你的微笑，是那从湖泊中和雾气中
升起来的含露的花朵。

进来吧！我的心门打开着。
进来吧！带着落叶的风，
你是否要在那熄灭了的炉灶，
鼓舞起新的火花？

进来吧！那从灰色的天空降落下来
闪着银光的冰冷的雨滴，
通过一切可能的隙缝，
注入我这渴望滋润的心吧！

我又举起双手欢迎，今年的初雪，
在枯寂的冬天的道路上
它带来了平静的喜悦
并在我的心上，唤醒最后的爱情。

无题（诗的声调）

最后也是他，送我们走向敌后根据地。

今天，我们又仿佛进入不流血的战场上，

要用英勇的劳动医治我们的贫穷。

而灾荒却比什么都更可恶，

我们尝够了半饥半饱的滋味。

艰苦的岁月

和营养不良的日子，

更需要在思想上飘扬战斗的红旗。

把我们培养成人的

是战争和艰苦。

一生都走山间路，

再有万般艰难也吓不倒。

任何气候对我们都是春天，

只要心中有一团火，

但是，我的心呀，

是多么渴望着自由！

我好像觉得处处走不通，

因为需要的，我没有；

我有的，又不需要，

我又多么愿意把所有的都舍弃，

只为换一句温柔体贴的话。

但是，

难道能够这样去生活，去写作?!

诗歌呀！

你应该像他的语言那样，

充满诚恳但又坚定的声调，

帮助人民去斗争，

你应该像他的经历那样，

一步一步地走，

从不停止而又脚踏实地，

通过自己的道路，贡献给人民。

你应该像他的为人那样，

让自己是一只船

在明快的阳光和欢乐的波浪上扬帆。

思　　想

生命离不开泥土，离不开空气
真理离不开时代。
肉体由最初的胚胎产生
思想由生活最平常的感受中成长。
从生活中认识事物
不从死人的眼里认识事物
不从死水中啜饮
不从腐败食物中求营养。

这 是 十 月

这是十月！
一片白色的温和的阳光
从摘完果子的树枝中穿过
摊开在洁净的石阶上。

这是十月！
骄炎的太阳移向南方
大地从酷热中解放出来
像浴后那样清醒。

这是十月！
天空明净而且安详
好像是无风的广阔的湖泊
在那里照着平静的阳光并陷入沉思。

而在小河的旁边
金色的树林飘落几片叶子
为水流所浮载
走向光明的远方。

无题（舞步）

谁知道你将开放新花的胸中

孕育着什么样的梦？

那流转的明媚的眼神，

那匀称的端庄的形体，

定能踏过漩涡，横越困难，

在自由的大海中痛饮爱情。

我们都是从激流中涌现

来自刚毅和诗情的岩岸

自由在眼睛里汹涌翻腾

喷射出一道道光芒

有如火焰那样闪耀。

谁呀，在今天

没有一粒疯狂的种子？

谁不为自己

留下最美好的日子的记忆？

咱们还是来计算

曾快乐地走过多少脚步，

不是沉重如铅，而是滑翔如飞！

空间充满和谐明亮

一直照射到遥远的天上

我幻想你那如梦的歌声里

展开着怎样一片美丽的晴空。

你的歌，全场凝神倾听

要是风雨中也有黄莺

也没有这样动人的啼鸣，

销魂的感觉高耸云天，

歌声超越语言的力量

歌声为我们造出一片鸟声迷人的丛林。

谁知道一个女孩具有什么样的心灵

使童稚的声音花一般温柔

正如黑夜升起一轮明月，大地浴遍银光

为治愈一切痛苦，这歌声有无比的力量。

乐曲终止，你的歌声还在耳边回响

我心中感到有光明照临。

脚步又随乐曲飞旋

你沉思，你无语，

你轻盈地翩翩起舞，

温柔的手臂如忍冬花的藤蔓，

幸福的羞涩照亮我心中的幽暗，

迎着彩蝶摆动

在风中雨中向生活

以迷人的花冠缓缓开放

为梦想那即将到来的一天

即使在这阴晦的天气里

依然照射柔和的光线和色彩。

这时刻，你那明亮的眼睛举世无双

就如晴朗的天空那样深邃

其中有海水颜色的幻想

姿态、情调

好像有些什么在燃烧

这异常的美最震动我

好像号角的声音从我身旁响起

我寂寞的灵魂感到战栗。

我对自己的感情问心无愧

对别人的幸福会高兴得流泪

当你可爱的小嘴微张

闪着星眼曼声歌唱

时间已经向我们冲激

把我们朝着自由推进。

极端的困苦

也不能把自由湮没，

今天，它在大风大雨中

正在我们心中引吭高歌。

热血涌上心头

又如暴雨那样洒遍空间，

让我们更勇敢些

为了争取生长得更美丽的自由

为了更多的人的尊严

更多的事业的成就

和人民的愿望融合一起

唱起生活的颂歌。

啊，女友，

今天你真美丽！

我曾梦想过你的笑容

现在对着面却感到为难

不知该怎样告诉你！

你有如植根于大地的花茎

不问是烧柴堆还是烧庙宇

不问是烧栋梁还是烧荆棘

它虽姗姗来迟，却也用奇异的光照耀，

使这会上每个人都格外美丽

好像经过大手笔的润色

每张脸都神采飞扬。

淡漠是半个死亡

愿望是半个生命

痛苦不是难解之谜，

这一代绝不做祭祀的牺牲

只要怀着希望

不可能让忧伤的墙壁无休止地碰回

总有一天，焕然一新的生活会开始。

凭着震天的风雨，

凭着纯洁的热血，

我们宣告要自由，

任何禁令都不能制止，

即使每当我们向前跨一步，

就有巨岩阻断征途。

厅上浮升起生活的浪花，

每个人都在翻动心的书页。

你不再羞涩，不再谦卑，

敞开胸怀，忘却忧思，

以手风琴刚劲的旋律

驱逐昨夜噩梦

托起心的朝霞。

你那炯炯有光的瞳孔

像明亮的灯笼

自由在其中

随着希望照耀

你清新洪亮的歌声

是心对心的呼唤，

自由迎着轻快的步子，

跟在你和我的后面。

火总要发光，
自由是火，
有多少话语
都留给生疏的舞步。
我用迷恋的眼光
看着花草的欢呼
不如以心跳
来回答欢乐的召唤。
尽管我的脸还留有泪痕
我的目光却代表不幸的人们；
我的额顶虽有横纹
由于音乐的光辉而闪闪发亮。

但在这小小集会中
谁的心跳得更激昂？
啊，歌人！
你愁苦的皱纹展开了
眼里闪耀庄严的光辉
嘴唇像树叶颤抖
唱起心中郁积的歌
可是嗓音不能自主呀！

这世界有沉沦的痛苦，
也有苏醒的欢乐
我倾心于沙沙的足响——

变化只在转瞬之间

四壁花枝招展

屋顶灿烂辉煌，

椅桌缭绕最美的乐声

一切都在激荡跳动

暴风、急风，高歌、低语。

火焰般的热情，

像杜鹃花开在雨中。

欢乐的颜色，

全在那些明亮的目光中。

握着那温暖的手，

走着轻飘的步伐，

简直是微风的翅膀

在厅上回旋不已。

嚓响的甜蜜有如树叶萧萧

将我的灵魂高举飞翔，

我突然觉得惆怅起来，

为什么，我自己也不清楚，

是不是为了头发已经花白？

是不是别人的命运，

像这场风雨

闯进我的心中？

在漫长的岁月中，是有一堵墙

把我和人们隔开，是有一堵墙呀！

这堵墙，

不准我期待，

不准我反驳！

我知道

无穷的困苦不叫生活，

思想凝止不算休息，

假面具下并无真情，

盲目的听从不再是信仰，

不尽的骄阳定无美景，

可是，我向谁诉说？

如果缺少布谷鸟的音节

春天也不算春天，

温情充溢眼睛

希望注满心灵

那轻盈的节奏

是从热血中升起

喷泉般涌流在大厅

渗入胸怀，漫洒天际。

啊，音乐！

你解除日常忧患的束缚

像露水轻轻落下

洗掉生活痛苦的微尘，

让心灌满你美妙的音节

纯净的音节，甜美的音节

光明与快乐的音节

我们像叶子浮在你上面，
虽然不免有时
也卷进你的漩涡
而陷入美好的沉静。
许多回忆化成清风
春天也不算春天。

无题诗九首

一

你的眼睛

有一个浩渺宇宙

友爱的月亮

白鸽筑巢的地方

从黑玉和琥珀中

迸发冲天喷泉

涌现银黑的浪花

飞舞光沫四溅的瀑布

不尽源流灌溉未来

把爱情的长明灯点燃

二

百合花的女儿

想见未见的明星

美的光波像夜里的雪

沉静包含万种春讯

回眸为什么战栗

心为什么动荡

飘散一缕凄清古香

在黄金般沉默的嘴唇

灵魂深沉素净

热爱永无止境

三

生命开放如鲜花

以温柔创造了春天

魅力是永恒花期

一股欢悦思潮

旋荡起七彩的风

额上栖息着黄蝴蝶

燃烧星光在红唇

花静美地开着

雪滴自眼睛

四

使天神迷乱

灿烂的生命之杯

多少似水柔情

都在星灿曙前

月落夜后

裸露与隐藏

光洁与晦暗

狂热与沉静

火柱与冰雪

都交汇在同一时空

五

白雪在肩

黑色瀑布泻下来

永生的昏暗一线光明

洪流升起花朵

金菊在天庭展开花瓣

空中闪烁虹影

仿佛是记忆

梦中玻璃王冠的记忆

仿佛是回声

心怀柔情的回声

金色波浪摇撼深渊

震颤夜的心弦

六

置身疾风里

长发飞扬如洪流

发出瑟瑟鸣声

像长云

像远波

耀眼的光

神秘的藤萝

天空酒杯为之倾倒

星芒从穹苍奔落

七

大地最初青春

为神圣迷雾笼罩

艳红的榴花

金灿灿的宝石

被月光照得雪亮

涌动的潮汐

散发生命的光辉

八

融化悄悄来临

柔软得像一片湖

气色鲜亮

传导亿万年的奥秘

生命的印记

既是清澈的期待

又是令人追思的回忆

明亮的圆弧

安顿夜的神秘

九

梦里的芬芳

沉浸在光河里

明月悬挂在天顶

热焰深藏大地

四射的烟云

金色的蜂群旋舞

阳光和焰火

感染一生思绪

无题（温馨的风拂过心上）

温馨的风拂过心上

花瓣落入生命的流水

有如一片融金暗光

玉洁冰清的百合

在心灵风暴中辗转

虽无回应的和弦

却也望眼生辉

留下长久遐想的快乐

我又听到号召

谁要是泄气，那他必定是软骨头。
谁说昨天的一步走错了，
不，那是有关胜负的一着，
是最后决战的重大步骤。
我们创举伟大的工作，
可不能因为遇到困难，
又赶紧退缩。

旗手巍然站在高冈上，
他深谋远虑的目光注意了四面八方，
他把旗帜，一会转向左，一会转向右，
指挥我们去消灭当前的敌人，
不必因为这而惊慌失措，
万众一心去赴战场，
在每一声号召下，
立刻回答以更顽强的进攻。

为《杨莹摄影集》配诗

一

天上的白银和地上的白银

来告诉落叶的暗林

只要苦撑过这个冬季

必有另一番风景

二

要是没有这些金冠碧叶绿玉

蓝天和荒山

将无法忍受人间的残忍

而日趋灭亡

三

多情的池沼
以温柔的树荫和云影
给苦旅中的行者
唤醒壮美和爱心

无论晨昏
都有几片温情暖色
来慰藉无边冷酷
使灵魂清醒
抚爱心灵

四

纵天的坚挺
支撑这凄苦的天宇
给艰辛的跋涉者
以激奋精神

五

丛树未必知道
它的先祖和子孙

并不会面对荒山野岭

而饱受现时的孤寂

六

戴雪的高峰撑起梦境

一片银光托举女神

即使有庞大暗影

也永远不能驱散信仰之星

七

梦想倚在透绿的高原

水色树影都在发出喧响

为了淹没荒凉贫困

召唤牧草和牛群

八

仰首向着有情的天空

雪山、秋树、帐篷

都在心中作无声的祈求

把凝止的爱在蔚蓝中矗立

九

请给西部以更多温柔
黑地暗山，明沙亮天
为什么生命对此地这样吝啬
空旷中这些稀疏树屋
在伟大的自然中多么卑微
人类的踪迹罕见
美丽却又怆凉

十

愿所有的道路都这样迷人
遮天的金碧和高干的光影
隐约中播送欢声笑语
百年思绪蓦然翩飞
召唤西来的玫瑰

十一

只要有人来居住
荒野也会变得生命茂盛
绿树盈盈，云也来眷顾
世界上最值得同情者

就是毕生艰辛的藏民

十二

成排的金树，细小的蓝水
这就是生命得以维持的地方
让绿草成片，牲畜成群
秋野的呼吸让旅人入醉。

十三

似锦的山坡，开花的河沟
让牛群沉醉的草野
人看到它心胸立即开阔
这就是可爱的西部

十四

这是一切都异常高大
西去列车，为什么
五十年来曾长久静默
曾经热闹一时的第三线
为什么只留下许多废山洞
驱不散战争记忆
而失落太多机缘

保守又自大

并未完全清流

十五

树影成了道路的栅栏

遮着过分的裸露

让跋涉者不再寂寞

无题（亚洲人民）

这里经常从烈火中长出鲜花

你这新的失败，是亚洲新的胜利，

我们和你，是不共戴天的仇人。

你的趾高气扬哪里去了！

你的日子正在逝去！

每一天都是你新的失败，

每一天都是我们新的胜利。

去祷告你的上帝吧，

你的上帝也是愁眉不展。

虽然太阳高照，

温暖不到你的身上，

我们看见你在发抖！

没有几天了，你奔波的日子不多久了，

坟墓的阴影在你头上，

也在你所生活的制度上面，

一天比一天浓重，

最后一口气已屈指可数。

是脸上忧愁的尘土我分明看见，

那是你遭受多少次可耻的失败的标记。

那是死亡无声的召唤。

古言穷兵兆不祥，

搬起石头终会打自己的脚。

你的花言巧语

再不能欺骗英勇的亚洲人民

滚开，这你行临死灭的瘟神。

在英勇的亚洲人民面前，

瘟神也就成胆小鬼，

在今天怒吼的土地上，

还想来抖威风

瘟神真是比猪还蠢。

对他的鞭打要更用力些，

早一点送他到更"自由"的世界，

去跟随他的伙计杜勒斯。

歪着一副鬼脸，

老是侧着耳朵

骨碌碌滚动的贼眼
瞧他那副样子
比过街的老鼠还不如！

真是天大笑话，
这是一国的总统
要来做客却饱以石头
要来亲善却关门拒纳，
他不是贼，又是什么？
他要骗人，
现在只好自我欺骗，
原来你是这样的空虚。

尼克松在南美抱头鼠窜，
艾克又照样在亚洲重演。

无　题

（我为什么这样坐卧不宁）

我为什么这样坐卧不宁？

心啊！为什么飘忽不定？

是什么风，

吹来不衰的黑云？

是什么雨，

带来莫名的郁闷？

节日的欢乐被刮跑了，

青芒寺的想望哪里去寻？

从薄暮到深夜，

从日出到黄昏，

铃声找的都不是我，

我的光明如今下落不明！

这是多么残酷，

刚开始就遭到不幸！

伸出救援的双手，

可哪里是救急的门？

天啊！撕开你的云幕，
还给我的光明
可怜这朵迟开的花吧，
别再蹂躏那哀痛的心⋯⋯

9 月 30 日

星　辰

昨夜的星辰，今早的月光
一片柔情倾诉在朦胧之中。
谁说是萍水偶然相逢，
也早有一点痴情万年贯通。
仔细看来眉低发乱，
稚气之中犹是无限倔强。
即使说骤来的感情究竟难料，
也不妨把交心当作狂放。
只恨东南无逐蚊的好风，
让十指来保卫白足如霜。
水做的肌肤玉做的骨
更不能让寒气来损伤。
见面时两身难分，
离别时四目相送。
此去路途并非关山万重，
要时常托书信来探望。

9 月 4 日

无　　题

（在那遥远的遥远的海边）

在那遥远的遥远的海边，
站立着一座白色的小房，
波浪在它的下面汹涌
云雾在它的上面飞扬。

窗前黄色的小花在开放，
窗后站立着年轻的观察员，
心呀，在怀念童年的伙伴，
爱情的歌声呀飞向远方。

飞过无数美丽的山川，
飞到亲爱的人面前，
把边疆战士的无穷思念，
倾泻给亲爱的人心上。

幸　福

你给予的幸福

在我胸中澎湃，

有如飞波喷沫的瀑布

从高空落下来。

冰雪在你摧毁下溶解，

草木在你吐溅中发青。

就这样

时间和空间

对我都充满欢乐之感；

就这样

更多的爱进入我的襟怀

每一呼吸你都存在。

我了解

人世间最值得珍惜的

就是你现在对我的信任；

为报答你的眷顾，

我要对所有的人都忠诚。

我了解

也许我们相知不在空中

也许我们相知在地底下

在秘密的期待中，

在沉默的渴望里，

在那儿，有深不可见的根须

紧紧地纠结在一起……

无 题

（要使生命欣欣向荣）

要使生命欣欣向荣，
必须不断变化革命，
只要一刻故步自封
青春立即萎谢调零。
要使心灵永远新鲜，
必须不断创造发现，
美总在新事物中存在，
从这里产生动人诗篇。
为了不使生活颓唐，
必须走出狭小天地，
抛开已经熟悉的东西，
看新的在哪里建立。
有些事物看来粗糙，
但它很快就会完美，
捉住那闪过的征兆，
赋予可见的外形。

必须把新生活歌唱，
勇敢直前，不怕挫折，
预言未来，大胆幻想，
理想从这里开出花朵，
诗篇从这里形成。

当你歌唱山河的美，
也不能忘记人的美，
如果在自然里面，
人凋零枯萎，
那山河的美就没有意义。
如果在一片美景中
是贫困和愚昧
那也很不相称。
真正的美是一个整体，
让我们只歌唱完整的美。

星　月

天游荡在星月之上

烟水之中

幔亭会都是避秦人

步道台阶上

雨湿的梨花落瓣

点点似苔痕

净苔无瑕，不忍踩它

雨雾荡漾

山都在空中飘飞

仙姑来时

说起蓬莱的清清浅水

多少次在山下播弄云涛

似乎看见了大海的巨鲸

古树围绕新殿

梯级环抱旧山

幔亭峰前仙人云集

偎香倚玉，以诗酒相娱

零落的桃花，潺溪的涧水

仙院向如此

玉树是风标

犹如当年一览台上

夜深舞蹁跹

那欢笑如明媚的风光

紫气为烟

姿态妍丽，正当青春焕发

举意动容都楚楚可人

花中隐藏中的情语

宛转的脚步在芳草地

行止温润，婆娑特俊

风的啸声，可以争逐

曲终情未尽

永安市歌

美丽的山城风光好
桃源景色名震四方
李纲徐霞客都来过
写下诗文千古绝唱
石林奇观令人忘返
燕江两岸高楼绵延
南北两塔焕然一新
如今风韵更胜当年

光荣的山城历史长
福建中心明珠灿烂
八年抗战名士云集
进步文化持续不断
英杰人才远布海外
窈窕波女如春鲜艳
梦里多少深情厚意

都向这里倾注思念

腾飞的山城气象新
锦绣航程正在酝酿
上下同心搞活经济
改革开放如虹贯天
工业基地已具规模
城乡建设全面开展
政通人和千载难逢
伟大理想定将实现

晕 船

在解放海南岛途中天天晕船

战斗那晚却没有一人晕船

士气能战胜出现的反应

意志集中一切

自然的困难也失踪了！

渔船上的歌者

海的嗓子

从年少到年轻

一心向波涛倾诉深情

什么时候高昂

什么时候低沉

与咸味的风搏斗

牵网拉起无数春色

向一水之隔的迷岛歌吟

用泪的声音唱明月

可有心爱的人

唯有关怀的眼神

才是最细腻的语言

诗产生于对人的同情

有失败才有希望

有痛苦才有欢声

无题（到远洋去）

到远洋去，到远洋去
和平和友谊在向我召唤；
到远洋去，到远洋去
祖国在命令我乘风破浪，
到远洋去！
世界不允许分割，
海路不容许斩断，
中国是新来的兄弟
朋友分布在四方。
中国也是海洋的国家
无数的风帆遍布大洋！
中国是有无数财富，
也要和全世界通商。
到远洋去！到远洋去！
即使风波如何冒险
中国的水手也蹚平风浪

即使敌人还想阻拦

中国的战士打退过无数豺狼。

大海呀，你年轻力壮的儿子，

要把新的光荣给你增添……

月　光

阵雨刚过
草地立刻温暖地展开一片笑容
你滋养了人的情思

海洋、天空、星辰、大地
这时候都变得很神秘
从海面升起的水气
渐渐结成许多的蔷薇

夜空中的龙头山多么温柔而神秘
好像是海龙王的女儿坐在崖上
静静地在观赏满天灿烂的星光

宝石一样的脸闪烁光明
星星是天上的花

月亮永远以纯洁的光辉
抒发她对大地的相思

一双黄蝴蝶，起落弄秋光
应当发光，而不是闪烁
波浪轻拍岸下的岩石
小鸟相恋时啾啾鸣声

宝石般的眼中映眼明月
一定在梦幻飞向群星
对未来的思虑
对战斗的忠诚
胜利在前头
但艰难还是无数

拥　挤

人世是这样狭窄

买饭上车都要争抢

投机取巧的人永远占上风

而弱小者只好不断退让

羞耻之心全丧失

没有谁肯维持秩序

生活永远在愤怒紧张中

拥挤几乎就是真理

工业城夜景

灯的山谷，灯的河流
低低笼罩着朦胧紫雾，
从其中升起一排烟囱，
照耀如同玉石的巨柱，
下面缠绕白烟的飘带，
上面飞舞火焰的云雀。

移 民 之 歌

向北到黑龙江广漠的荒原，
向南到海南岛炎热的旷野，
向西到天山脚下的牧地，
到处都有我们兄弟队伍的旗帜。

我们仿佛是祖国另一支边防军
但用的不是杀敌的武器
而是变荒野为绿洲的锄犁。

筑　　坝

清早入山沟，炮声响连天，
不是战争起，农民劈大山。

劈山为什么？取石运河滩，
筑成拦河坝，引水上高山。

垒石百尺墙，蓄水半面天，
养鱼增春色，造林灭荒山。

晚　　上

去迎接新世纪现代化的挑战
首次公开心底的秘密
那个晚上，雪白的墙壁
结满霜一样的笑声
——晚上

我把你比成一轮明月
整天在读
为那一束眼神
总想把阳光收聚
再不让秋雨
淋落那波一样的羞涩
永远挂在笑靥里
再开一些
风一样的流盼
——那只眼多忧郁

致灯塔管理员

因为你们的辛勤劳动
使远近航道都照亮灯光
虽然世界上有许多光荣的职业
而给别人以引路的光明
是最值得称颂。

真　理

火焰不能垄断

任你什么"批判"公司，

不能封锁

任你把持全部舆论工具；

不能打倒

任你挥舞千万条铁棒；

不能践踏，不能欺侮

任你摆出恶霸的架势

再多几个狗头军师和文痞

真理仍是扑灭不了的火焰

要烧毁你们的谎言

把人民的炉灶燃红

把夜路照亮。

自　　许

我的空间：光明
我的追求：清澈
心态仍青的老者
永不后退的水手

遮　阳　伞

一把遮阳伞在阳光中闪烁，
三个少女在伞底下并排走着；
三个少女都像清晨那般美丽，
不知哪一个会唱爱情的歌？